庫

32-512-5

いやいやながら医者にされ

モリエール作
鈴木力衛訳

岩波書店

LE MÉDECIN MALGRÉ LUI

1666

Molière

目次

いやいやながら医者にされ

登場人物

スガナレル　マルチーヌの夫
マルチーヌ　スガナレルの妻
ロベール氏　スガナレルの隣人
ヴァレール　ジェロントの召使
リュカ　ジャックリーヌの夫
ジェロント　リュサンドの父
ジャックリーヌ　ジェロント家の乳母、リュカの妻
リュサンド　ジェロントの娘
レアンドル　リュサンドの恋人
チボー　ペランの父
ペラン　チボーの息子、百姓

第一幕

舞台は田舎（スガナレルとロベール氏の家の近く、スガナレルが薪《まき》をつくっている森からも遠くない）(1)

第一景

スガナレル、マルチーヌ二人は口喧嘩しながら、舞台に出て来る。

スガナレル　いやだよ、まっぴらごめんだい、なんと言おうとおれの勝手さ、ご主人さまなんだぞ、このおれは。

マルチーヌ　おあいにくさま、わたしゃ、こっちの好きなように、お前さんに暮らしてもらいたいんだよ。のらくらさせておくために、お前さんといっしょになったんじゃありませんからね。

スガナレル　やれやれ！　女房なんて持つと、ほんとにしんが疲れるわい！　アリストテレスの言ったとおりよ、「悪魔といえども妻よりは優し」[2]ってな。

マルチーヌ　ずいぶん学《がく》がおありだね、アリストテレスとやらいうおたんちんを引き合いに出すなんて！

スガナレル　学は大ありだい。おれみたいな薪《まき》つくりがほかにいたら、お目にかかりたいもんさ、物の道理はよくわかる、有名な医者の家で六年も勤めあげた、若いころにゃ、ラテン語の片言もしゃべれたもんだぜ。

マルチーヌ　へん、馬鹿も休み休み言うがいいさ！

スガナレル　へん、このくたばりそこないめ！

マルチーヌ　いっしょになるのを承知したあの日、あの時がうらめしい！

スガナレル　あの公証人の野郎がうらめしいや、おれに判《はん》こをつかせやがって、破滅の底に突き落とすとは！

マルチーヌ　そのことで、お前さん、文句の言えた義理合いかねえ？　わたしみたいな女を女房にしたんだもの、日がな一日、神様に感謝の祈りをささげなくっちゃあ！　お前さん、わたしを女房にするだけの値打ちがあると思ってるのかい？

スガナレル　そう言やあ、昔は身にあまる光栄と思ったもんさ、祝言《しゅうげん》の晩にゃ、おれも三国一《さんごくいち》の果報者と……ええ！　ちくしょうめ！　くだらねえことを言わせるもんじゃねえ。ちょっと話したいことがあるんだが……

マルチーヌ　なにさ？　なにを言おうてんだい？

スガナレル　まあいい、その話はよしておこう。おたがいに知ってることを知ってれば、それで結構、お前もおれにめぐりあえて、しあわせだとな。

マルチーヌ　お前さんにめぐりあったのが、どうしてしあわせなのさ？　ろくに女房を養うこともできず、遊び人で、喰わせ者で、わたしの持ち物を片っ端から質屋に沈め……

スガナレル　嘘をつくない。ほんのちょっぴり飲みしろに廻しただけじゃないか。

マルチーヌ　家財道具は次から次へと売り飛ばし……

スガナレル　たけのこ暮しも乙《おつ》なもんだぜ。

マルチーヌ　わたしのベッドまで曲《ま》げちまい！……

スガナレル　それで早起きもできようってものさ。

マルチーヌ　あげくの果ては、家じゅう空《から》っぽ同然。

スガナレル　引っ越しが楽にならあな。
マルチーヌ　朝から晩まで、打ったり飲んだりするばかり！
スガナレル　退屈するのはまっぴらだからな。
マルチーヌ　そのあいだ、わたしはどうして家事を切り盛りしたらいいんだい？
スガナレル　なんとでもお好きなように。
マルチーヌ　四人も子供をかかえてさ、……
スガナレル　下へおろしたらいいじゃないか。
マルチーヌ　のべつ幕なしに、パンをくれってせがむんだよ。
スガナレル　鞭《むち》でも喰《くら》わしてやるさ。おれは自分がたらふく詰めこんだときにゃ、家の者にも腹一杯になってもらいたいんだ。
マルチーヌ　この酔っぱらいめ、それでいつも事がすむというのかい？
スガナレル　女房や、もうすこしお手柔らかに願いたいね。
マルチーヌ　一生涯、横着でふしだらなお前さんに我慢しなきゃならないのかねえ？
スガナレル　まあそうむきになることはないだろう。

マルチーヌ　どうしたらお前さんの性根《しょうね》を叩き直してやれるかしら？

スガナレル　女房や、おれはあんまり我慢づよいたちじゃないんだぜ、それに腕っぷしには覚えがあるし。

マルチーヌ　お前さんのおどかし文句なんかに乗るもんかい！

スガナレル　かわいい優しい奥さんや、いつものように、お肌がむずむずしてきましたかな？

マルチーヌ　いまにわかるさ、お前さんなんかちっとも怖くないんだよ。

スガナレル　いとしい奥さまや、平手打ちでもご所望ですかな？

マルチーヌ　凄みをきかせたって、わたしゃヘイチャラだよ。

スガナレル　恋しの君よ、お耳でもさすって進ぜよう。

マルチーヌ　ろくでなしの酔いどれめ！

スガナレル　ぶんなぐるぞ。

マルチーヌ　この酒樽野郎！

スガナレル　ぶちのめしてやろう。

マルチーヌ　恥知らずめ！

スガナレル　痛い目にあわせてやる。

マルチーヌ　かたり、ごろつき、いんちき野郎、卑怯者、悪党、宿無し、ならず者、ろくでなし、どろぼう！……

スガナレル　やってほしいか？（棒を手にして、なぐりつける）

マルチーヌ　（叫びながら）アイタ、タ、タ、タ！

スガナレル　こうでもしなきゃ、おとなしくしねえんだな。

第二景

ロベール氏、スガナレル、マルチーヌ

ロベール　おっとっと！　なんです！　これは？　みっともない！　自分の女房をなぐる奴があるものか！

マルチーヌ　（両手を腰にあて、話しかけながら相手をあとずさりさせ、最後には平手打ちを喰わせる）わたしゃね、なぐってもらいたいんだよ、このひとに。

ロベール　ははあ、それならそれで、大いに結構。
マルチーヌ　なんでまた、余計な口出しをするの？
ロベール　すまん、すまん。
マルチーヌ　お前さんの知ったことじゃないだろう？
ロベール　まったく、さようで。
マルチーヌ　なんてまあ、おせっかいいな。亭主が女房をなぐる、それがどうしていけないんだい？
ロベール　ごもっとも、ごもっとも。
マルチーヌ　お前さんと、なんの関係があるんだい？
ロベール　べつに、なにも。
マルチーヌ　黙ってひっこんでりゃいいじゃないか？
ロベール　はい、はい。
マルチーヌ　ひとのことに構うもんじゃないの。
ロベール　もうなんにも言いません。
マルチーヌ　わたしゃ、なぐられるのが好きなんだよ。

ロベール　なるほど。
マルチーヌ　お前さんに迷惑がかかるわけじゃなし。
ロベール　仰せのとおりで。
マルチーヌ　間抜けだよ、お前さんは。用もないのに首を突っこんだりしてさ。
ロベール　(亭主のほうに行く。亭主も話しかけながら、相手をあとずさりさせ、さっき女房をなぐった棒でなぐりつけ、退散させてしまう。ロベールは逃げだす前に言う）いやはや、まったく相すみませんでした。さあさあ、おかみさんをぶつなり、なぐるなり、お気のすむように。なんなら助太刀《すけだち》してさしあげましょう。
スガナレル　いやだよ、おれは。
ロベール　ははあ、それなら話はべつで。
スガナレル　気が向いたら、なぐる。気が向かなきゃ、なぐらない。
ロベール　大いに結構。
スガナレル　おれの女房だぜ、お前さんのじゃない。
ロベール　それはもう。
スガナレル　おれに指図する権利はないんだぜ、お前さんは。

ロベール　ごもっとも。

スガナレル　お前さんの助太刀なんか、ありがたくもない。

ロベール　はい、はい。

スガナレル　生意気《なまいき》だよ、お前さんは、他人のことに余計なおせっかいをやくなんて。キケロの言ったことを覚えとくがいい、亭主と留め役のあいだに女房を入れるものじゃない、(3)ってな。（かれはロベールをなぐって、追い帰す。それから女房のところへ戻ってきて、手を握る）さあ、仲直りしよう。握手だ。

マルチーヌ　ふん、あんなにわたしをなぐったくせに！

スガナレル　なんでもないさ、握手しな。

マルチーヌ　いやだよ！

スガナレル　ねえったら！

マルチーヌ　いや。

スガナレル　かわいい奥さんや。

マルチーヌ　いやだってば。

スガナレル　さあさあ、お前。

マルチーヌ　おことわりよ。
スガナレル　ねえ、ねえ、ねえ。
マルチーヌ　いや、わたしゃ怒っていたいんだよ。
スガナレル　ふん！　くだらんことさ。さあ、さあったら。
マルチーヌ　ほっといてくれ。
スガナレル　握手だっていうのに。
マルチーヌ　あんなひどい目に遭わせておいて。
スガナレル　じゃ、あやまるよ。手をお出し。
マルチーヌ　許してあげるよ。（あとは低い声で）いまに思い知るがいい。
スガナレル　どうかしてるよ、あんなことを気にするなんて。仲よしどうしのあいだだって、ときにはちょっぴりこんなことをやってみるもんさ。好いて好かれたお前とおれだ、五つや六つ、棒でぶんなぐったところで、情《じょう》は深まるばかりじゃないか。どれ、おれは森へ行って来よう。今日は必ず薪《まき》を百束《たば》持って帰るからな。

第三景

マルチーヌ

マルチーヌ　（ひとりで）――へん、優しい顔をしてみせてやったが、わたしゃこの怨みを忘れやしないよ。なぐられたお返しに、なんとかうまい手を見つけなくちゃ。女房ってものは、亭主にどんな仕返しをしたらよいものか、見当はすぐつくけれど、あの悪党をやっつけるには、ちょいと手ぬるすぎるようだ。もっと骨身にこたえる仕返しをしてやろう。あんなひどい目にあわされたんだもの、ちっとやそっとのことじゃあ……

第四景

ヴァレール、リュカ、マルチーヌ

リュカ （マルチーヌには気づかず、ヴァレールに）まったくはあ！　おらたち二人はえれえ厄介な仕事を仰せつかったもんよ。うまく探し当てられるかどうか、さっぱりわからねえだ。

ヴァレール （マルチーヌには気づかず、リュカに）仕方がないさ、お前さん。ご主人のいいつけとあらば、ご無理ごもっとも。それに、お前さんもおれも、お嬢さまのご病気にゃあ、こちとらの損得がからんでいるからな。ご病気で延び延びになっているお嬢さまのご縁組が、めでたく相整《あいととの》うという段になりゃ、こちとらもたんまりごほうびにありつけようというわけさ。あの気前のいいオラースさんが、引く手あまたのお嬢さまに、ぞっこん惚れこんでいらっしゃる。お嬢さまのほうでは、レアンドルとかいう男に好意を寄せておいでだが、知ってのとおり、旦那はあんな男を婿にはできぬと、きっぱりおっしゃっているんだからな。

マルチーヌ　（ひとりで思いふけりながら）なにか仇討《かたきう》ちする手はないかしら。

リュカ　（ヴァレールに）だがよう、あんだってまた妙なことを思いついたんだべ。お医者はみんなさじを投げたというじゃねえか。

ヴァレール　（リュカに）最初すぐには見つからなくても、探しているうちにゃ、見つかることもあるのさ。よくあることだが、ごく手近なところに……

マルチーヌ　（ひとりきりだと思って）そうとも、なんとしたって、この仇は討ってやる。よくもまあ、棒きれなんかでなぐりやがって、覚えているがいい。さてと……（ぼんやり考えながらしゃべっているので、二人の男には気がつかない。振り向きざまに、二人にぶつかる）これはこれは、失礼いたしました。厄介なことができて、あれこれ考えていたもんで、つい気がつかず……

ヴァレール　誰だって、心配ごとはあるもんですよ。わたしたちも、いま、なんとかして見つけようと思って……

マルチーヌ　なにかお役に立てるような？……

ヴァレール　かもしれません。旦那のお嬢さんの病気をすこしでもよくしてくれるお医者を探しているんですよ、腕ききのお医者さんを。お嬢さんは病気になってから、まるっきり口がきけなくなったもんでね。何人かの医者が、いろいろ手をつくしたけれど、さっぱり駄目。だけど世の中には、秘伝とか霊薬とかを持っている人がいて、他人にできないことをやってのける先生もないとは限らない。そんな医者を探しているんですよ。

マルチーヌ (最初の一言は低声で) しめた! うちのやどろくをやっつける妙薬が浮かんだわ。(高く) いいところでお会いしましたわ。ちょうど打ってつけの人がいるんですよ。すばらしい名医で、どんな難病でもケロリと治してしまう……

ヴァレール ほほう! お願いです、どこへ行ったら会えるでしょう?

マルチーヌ ほら、ついあそこ。いま木を伐《き》って遊んでますがね。

リュカ 医者が木を伐ってるだって!

ヴァレール 薬草でもお摘みになっている、そういう意味ですな?

マルチーヌ いいえ、風変わりな医者で、木を伐るのが好きなんですよ。気まぐれで、怒りっぽい変人ですからね、どう見たって医者には見えませんよ。身なりがまた変わってて、まるっきりなにも知らないようなふりをすることもあるんです。自分の学問をこっそりしまいこんで、毎日毎日、せっかく神さまから授かった医者としてのすばらしい腕をふるわないように、一生懸命逃げまわっているんですよ。

ヴァレール　大したもんですな、偉い人っていうものは、すべてどこか気まぐれなところがあって、学問のなかにちょっぴり気違い水がまじってる。

マルチーヌ　あの先生ときたら、とても信じられないくらいの大気違いですよ。なぐられでもしない限り、自分が腕ききの医者だってことを絶対に白状しようとしないんですから。先生につむじを曲げられたら、それこそたいへん、お二人で棒を持って、うんとこさぶちのめす——それくらいにしなきゃ、思いどおりになりません。なぐっているうちに、最初かくしていたことをしぶしぶ認めるでしょうがね。わたしたちはいつもその手で行くんです。

ヴァレール　そいつはまた変わってますなあ！

マルチーヌ　ええ。でも、なぐっちまえば、すばらしい腕をふるいますよ。

ヴァレール　お名前は？

マルチーヌ　スガナレルっていうんです。でも、一目見りゃすぐわかります。大きな黒いひげを生やし、円いひだ襟のついた黄色と緑の服を着てますから。

リュカ　黄色に緑の服！　ひゃあ、てっきりおうむ医者だんべえ。

ヴァレール　だけどその医者は、ほんとにおっしゃるほど上手なんですか？

マルチーヌ　なんですって！　何度も神業《かみわざ》みたいに病人を治した先生ですよ。六カ月前、ある女が医者という医者から見放され、死んだらしいと見られてから六時間、そろそろお墓に埋めようとしていると、例の先生を誰かが力ずくで引っぱってきた。すると先生は女を診《み》て、口のなかにえたいの知れぬ薬を、ひとしずく流しこむ、そのとたんに女はベッドからむっくり起きあがり、部屋のなかを歩きだすじゃありませんか、まるで何事もなかったみたいに。

リュカ　ひぇえ！

ヴァレール　きっと黄金液(4)だったにちがいない。

マルチーヌ　そうかもしれません。それに、つい三週間ばかり前、十二になる子供が鐘楼《しょうろう》の上から落っこちて、頭も手足も、敷石の上でこなごなになってしまった。で、例の先生をいそいで迎えにやると、先生はお手製の香油を体じゅうに塗りつけた、するとその子はすぐ立ちあがり、石投げ遊びをしに駈けて行きました。

リュカ　ひゃあ！

ヴァレール　その先生は万能薬を持ってるんだな。

マルチーヌ　でしょうね。

リュカ　おほっ！　その人だて、おらたちが探してたのは。大いそぎで探しに行かにゃあ。

ヴァレール　いろいろご親切に、ありがとう。

マルチーヌ　でも、さっきご注意したことをお忘れなく。

リュカ　へっ！　その点はおらたちに委せといてくだせえ。なぐるだけですむんなら、合点《がってん》承知だあ。

ヴァレール　（リュカに）うまい人に会えて、運がよかったな。これで、どうやら、うまく行きそうだ。

第五景

スガナレル、ヴァレール、リュカ

スガナレル　（壜を手にして、鼻唄まじりに舞台に出てくる）ラ、ラ、ラ……

ヴァレール　誰かが歌をうたってる、木を伐る音がする。
スガナレル　ラ、ラ、ラ……やれやれ、これだけ働きゃ、一杯やっても罰は当たるめえ。一息入れるとしよう。（飲み、飲んでから言う）この薪《まき》づくりで、骨の折れたのなんのって。（歌う）

いとし、なつかし、
わたしの徳利《とくり》、
いとし、なつかし、
ごぼごぼ、どくどく！
お前がいつも一杯ならば、
運命さえもねたむじゃろ、
ほいきた、恋しいわたしの徳利、
どうしてお前は空《から》になる？

おっと、しんみりしちゃいけねえ。
ヴァレール　（低声で、リュカに）あの男だ。
リュカ　（低声で、ヴァレールに）おらもそう思うだ。うまくかぎつけたもんだて。

ヴァレール　そばに寄って、よく見てみよう。

スガナレル　(二人に気がついて、かわるがわるに眺め、壜を愛撫しながら、声を低めて言う)へん、このあばずれめ！　あたしゃお前が大好きよ、な、小壜さん！(歌う)

運命さえもねたむじゃろ、

ほいきた……

ちぇっ！　あの連中、誰に用があるっていうんだろう？

ヴァレール　(リュカに)たしかに、あの男だ。

リュカ　さっきの話とそっくりでねえかよ。

スガナレル　(ここで、かれは壜を地面に置く。ヴァレールは挨拶しようとして腰をかがめる。スガナレルは壜を盗まれるのかと思って、別の側に置く。そのあとで、リュカが同じしぐさをするので、スガナレルはまた壜を取りあげて、しっかり胸にだきしめる。いろいろこってり芝居があったのち、傍白)おれの顔をじろじろ見てやがる。どうするつもりかな？

ヴァレール　失礼ですが、スガナレルさんでは？……

スガナレル　え、なんですって？

ヴァレール　スガナレルさんとおっしゃるんじゃないかと、おたずねしてるんで。
スガナレル　(ヴァレールのほうを向き、次にリュカのほうを向いて) そうでもあるし、そうでもない。お前さんがたの出かた次第でね。
ヴァレール　できるだけ丁重に、おもてなし申しあげたいと存じますが。
スガナレル　そんならおれはスガナレルだ。
ヴァレール　お目にかかれて、うれしゅうございます。わたくしどもが探しあぐねておりましたところ、あなたさまに会いに行くよう、すすめられました。ぜひともお力になっていただきたいもので。
スガナレル　こちとらのけちな商売のことなら、喜んでご相談にも乗りますがね。
ヴァレール　これはこれは、痛み入ります。ま、ともかく、お帽子をどうぞ。日射病にでもかかられては。
リュカ　かぶんなせえ。
スガナレル　(傍白) いやに礼儀正しい連中だな。(帽子をかぶる)
ヴァレール　こうしておたずねしたのを、妙におとりにならないでください。腕ききの先生はいつも引っぱりだこにされるもので。先生のお手並のほどは、よく存じあげております。

スガナレル　たしかに、薪《まき》つくりにかけては、わたしゃ指折りの名人でしてな。

ヴァレール　せ、先生！

スガナレル　仕事には手を抜かず、誰からも文句を言われないような薪をつくります。

ヴァレール　先生、そんなことをお願いしてるんじゃありません。

スガナレル　その薪を百束《たば》百十ソル(5)で売るんですぜ。

ヴァレール　その話はどうぞおやめください。

スガナレル　それよりお安くはできません。

ヴァレール　先生、こちらはなにもかも承知の上なんで。

スガナレル　なにもかも承知の上なら、この値段で売ることはご承知なんでしょう。

ヴァレール　先生、ご冗談ばかり……

スガナレル　冗談なんか言ってるもんですか。びた一文、値引きはできません。

ヴァレール　お願いです、そんな話はやめにして……

スガナレル　よそへ行ったら、もっと安く手に入るかもしれないがね。薪《まき》にもピンからキリまであるんだから。だが、わたしのつくる薪は……
ヴァレール 先生、いい加減にやめてください、その話は。
スガナレル 一ドゥーブル(6)でも値切られたら、とてもお譲りできませんや。
ヴァレール チェッ！
スガナレル いや、まったく。言い値だけは出してもらわなくちゃ。本気で言ってるんですぜ、ベラボウな値段を吹っかけるような男とはちがいまさあ。
ヴァレール 先生のようなかたが、わざと下品に振舞ったり、そんな卑しい口をきいて面白がっていられるとは！ 先生のように深い学識のある、有名なお医者さまが、人目をしのび、せっかくの才能を埋《うず》もれるままにしていらっしゃるとは！
スガナレル (傍白) 気遣いだな、こいつは。
ヴァレール どうぞ、先生、わたくしどもには隠しだてなさらないでください。
スガナレル なんですと？
リュカ ごまかしたって駄目だでよう。知ってることは知ってるだから。
スガナレル なんだって！ どういう意味だね？ わたしを誰だと思っているんだ？

ヴァレール　先生は先生、えらいお医者さまだと。

スガナレル　医者だなんて、とんでもない。わたしは医者じゃなし、医者だったこともありませんや。

ヴァレール　(低声で) ほら、また例の悪い癖がはじまった。(高く) 先生、これ以上シラを切らないでください。乱暴な強硬手段はとりたくありませんので。

スガナレル　どんな。

ヴァレール　残念ながら、ある種の手段を。

スガナレル　ふん、お好きなようにやるがいいさ。わたしは医者じゃなし、あんたがたがなにを言っているのか、さっぱりわからん。

ヴァレール　(低声で) どうやら奥の手をつかわなきゃならんらしい。(高く) 先生、もう一度、ほんとのことをおっしゃってください。

リュカ　ええい！　チクショ！　これ以上ツベコベ言うでねえ。自分が医者だってえことをあっさり白状するがええだ。

スガナレル　(傍白) うるさい奴らだ！

ヴァレール　なんになるんです、みんなの知っていること隠したりして？

リュカ　なんだってそんなにとぼけなさるだよ？　あんの役に立つだ？
スガナレル　一度でも二千度でも言うが、わたしは絶対に医者じゃない。
ヴァレール　医者じゃない？
スガナレル　さよう。
リュカ　医者でねえだと？
スガナレル　ないったら！
ヴァレール　そうまで言われては、是非《ぜひ》もない。（二人はそれぞれ棒をもって、スガナレルをなぐる）
スガナレル　アイタ、タ、タ、タ！　なりますよ、なりますよ、なんにだってお望みのものに。
ヴァレール　先生にこんな手荒な真似をしなければならないとは！
リュカ　先生をなぐることはねえのになあ！
ヴァレール　まことに相すまぬことをいたしまして。
リュカ　まったくはあ、申しわけねえことをなあ。
スガナレル　いったい、どうしたというんです？　冗談にやってるんですか、それとも、むりやりわたしを医者にしようと？

ヴァレール　おや！　まだおわかりになりませんか、どうしても医者ではないと？

スガナレル　医者だなんて、ばかばかしい！

リュカ　ふんとに医者じゃねえだと？

スガナレル　ない、断じてない。（またもやスガナレルはなぐられる）アイタ、タ！わかったよ、お望みならいかにもさよう、わたしは医者だ。医者で、なんならおまけに薬剤師ということにしておこう。なぐり殺されるくらいなら、なんにでもなってやるよ。

ヴァレール　さて、これでよしと。先生、やっと話がわかってくださって大助かりで。

リュカ　そんなふうにおっしゃってくださるてえと、わしもはあ、嬉しくって嬉しくって。

ヴァレール　ご無礼を働いて、心からおわび申しあげます。

リュカ　あんな乱暴しちまって、申しわけねえだ。

スガナレル　（傍白）はてさて！　してみると、こちらの思い違いかな。知らないうちに、おれは医者になってたのかもしれん。
ヴァレール　先生、ご自分の職業をお明かしくださって、べつに後悔なさるようなことはございますまい。きっとご満足できるように計らいます。
スガナレル　しかし、これはあなたがたの間違いじゃありませんかな。たしかですか、わたしが医者だというのは？
リュカ　へえ、そりゃあもう。
スガナレル　ほんとに？
ヴァレール　もちろん。
スガナレル　そんなこと、まるっきり知らなかったぞ！
ヴァレール　なんですって！　先生は世界一の名医でいらっしゃる。
スガナレル　ほほう！
リュカ　病気をどれほど治したか、数えきれねえくれえで。
スガナレル　驚いたな、こいつは！
ヴァレール　六時間前に死んだと思われていた女、もうすこしで墓に埋《う》めようとしていた女を、先生はなにか一滴の水薬でお治しになった。女は正気づくと、いきなり部屋のなかを歩きだしたとか。

スガナレル　あきれたな！

リュカ　十二の子供が鐘楼《しょうろう》のてっぺんから落っこちて、頭も手足もこなごなになっただが、先生がなにか香油を塗らっしゃると、子供はすぐ立ちあがって、石投げ遊びに出かけただとか。

スガナレル　へへえ！

ヴァレール　ともかく、先生のご満足の行くように計らいます。これからご案内するところへおいでくだされば、なんなりとお望みのものは差しあげます。

スガナレル　望みのものをくれるって？

ヴァレール　はい。

スガナレル　それならおれは医者だ、間違いなく。忘れていたが、思いだした。で、用件は？　往診先は？　どちらかね？

ヴァレール　わたくしどもでご案内申しあげます。言葉の出なくなった娘さんを診《み》ていただきたいので。

スガナレル　はてな、出ないものが見つかるかな。

ヴァレール　(低声で、リュカに)　先生は冗談を言うのがお好きらしい。(スガナレルに)　さあ、参りましょう、先生。

スガナレル　医者の服も着ないでかね。

ヴァレール　お召物はこちらで用意いたしましょう。

スガナレル　(ヴァレールに壜を差しだして)　飲みなさい、これを。鎮静薬が入っている。(それから、つばを吐きながら、リュカのほうを向き)　あんたはこれを踏み消しておきなさい、医者の処方ですぞ。

リュカ　ふぇっ！　この医者、おれの気に入っただ。きっとうまく行くだんべ。ふざけた先生だもんな。

第二幕

第一景

ジェロント、ヴァレール、リュカ、ジャックリーヌ

ヴァレール　はい、旦那さま、きっとご満足いただけると存じます。世界一の名医をお連れいたしました。

リュカ　まったくはあ、この先生とせいくらべできる人はありましねえ。ほかの医者どもは、この先生の靴を脱がせるだけの値打ちもねえくれえで。

ヴァレール　神業《かみわざ》みたいに病人を治したかたで。

リュカ　おっ死《ち》んだ人まで治しただで。

ヴァレール　さっき申しあげましたとおり、すこし気まぐれなところがおありでし

て。ときどきぼんやりと、魂が抜けだしたようになられ、見たところ、世界一の名医とは思えません。

リュカ　へえ、冗談を言うのが好きなご仁《じん》で。こう申しちゃ悪いだが、ときどき、こんな気がいたしますだ。この人、頭がちいっと狂ってるんじゃねえかとな。

ヴァレール　でも、実際は学問の権化《ごんげ》のようなかたで。たいへん高尚なことを、よくお口になさいます。

リュカ　本職のこととなると、まるで本でも読むみてえに、ペラペラ口が廻りますだ。

ヴァレール　このあたりでももう大評判で、我も我もと、先生のもとへ馳せつけます。

ジェロント　ぜひ先生にお目通りねがいたい。さっそくこちらにご案内するように。

ヴァレール　呼んでまいります。

ジャックリーヌ　どっちみち、旦那さま、その先生だって、これまでの医者とおんなじことをするにちげえねえだ。おんなじことはひとつことだで。一番ええ薬は、わたしの考えじゃ、お嬢さまに男振りがよくって、気立てのやさしいご亭主をあてがうことだあね、お嬢さまのお気に入るようなご亭主をな。

ジェロント　これこれ、乳母《ばあ》や、余計なことに口を出すんじゃない。

リュカ　黙ってるだ、ジャクリンばあさ。お前さんの出る幕じゃねえ。

ジャックリーヌ　わたしゃ十ぺんでも十二へんでも申しますだ、どんな薬を飲ませたって、ただの水ほどの効き目もねえ。お嬢さまには大黄《だいおう》やせんなよりほかのものが入用なんで。亭主ちゅうものは、若え娘の万病にきく膏薬《こうやく》でごぜえます。

ジェロント　あんな病気の娘に、いますぐ亭主をあてがえというのか？　わしがめあわせようとしたとき、娘はうんと言わなかったじゃないか。

ジャックリーヌ　無理もごぜえません。好きにもなれねえご亭主を押しつけるのは殺生《せっしょう》というもんで。どうしてリアンドル（レアンドルをなまったもの）さんをおえらびにならねえんです？　リアンドルさんはお嬢さまのお気に入り。きっと旦那さまのおっしゃることを、はいはいとお受けになったにちがいありましねえ。旦那さまが呉れてやる気になりゃ、お嬢さまが病気だろうと唖だろうと、もらってくれることは請け合いで。

ジェロント　あのレアンドルは娘には不釣合いだ。もう一人の男ほど財産がない。

ジャックリーヌ　だけんど、あの人にゃ大金持の伯父御《おじご》がいて、行く行くはその財産がつげるっていうじゃごぜえませんか。

ジェロント　さきざき入ってくる金なんて、あてになるものか。なんといっても、現金を握っているに越したことはない。他人《ひと》の金をあてにすると、どんなひどい目にあうかもしれん。死神さまは、相続人どもの願いや祈りに、耳をかしてくれるとは限らんからな。自分が食って行くために、誰かが死ぬのを待つとなると、いい加減ひもじい思いをしなけりゃならん。

ジャックリーヌ　ともかく、結婚でもなんでもよ、満足できりゃ銭金《ぜにかね》いらぬ、っていうじゃごぜえませんか。親父さんやおふくろさんが、「婿はいくら持ってる？」、「嫁はいくら持ってくる？」なんてしょっちゅう訊くのは、よぐねえ癖でごぜえますだ。ビアール（ピエールをなまったもの）じいさまは、娘っ子のシモネットをでぶのトーマに呉れてやった。娘っ子のぞっこん惚れこんでた若えロバンより、葡萄畑をほんのちょっぴり余計に持ってたもんでな。ところが、かわいそうに、娘っ子はそれからというもの、マルメロみてえに黄色くなって、ろくなことはなにひとつありましねえ。ええ手本じゃごぜえませんか、旦那さま。世の中には自分の楽しみほど大切なものはねえもんで。わたしゃボース地方の年貢《ねんぐ》をそっくり呉れてやるより、自分の娘にゃ好いて好かれた優しい亭主をあてがってやりてえと思ってますだ。

ジェロント　うるさいな！　乳母どんや、つべこべよくしゃべる奴だ！　黙れったら黙れ。お前さんは余計なことに気をつかうから、自分の乳が熱くなるのだ。

リュカ　(次のセリフを言いながら、ジェロントの胸をなぐりつける) やい、こいつ！　あばずれ女め、おめえがなにをほざいたって、旦那さまにゃ用はねえだ。ご自分のなさることとくれえ、ちゃあんとご存知だからな。えらそうな口きかねえで、おめえなんか、餓鬼《がき》におっぱいでも飲ませてりゃええだ。旦那さまはお嬢さまの父御《てててご》じゃねえかよ。どんな婿をえらぶだか、ようく心得ておいでだて。

ジェロント　おいおい、静かにせんか！

リュカ　(相変わらずジェロントの胸をなぐりつけながら) 旦那さま、この女をちょっぴり懲らしめてやりますだ、旦那さまがどんなにお偉《えれ》えか、わからせてやりてえんで。

ジェロント　うん。だがなにも手を振り廻すことはなかろう。

第二景

ヴァレール、スガナレル、ジェロント、リュカ、ジャックリーヌ

ヴァレール　旦那さま、どうぞお支度を。先生がおいでになりました。

ジェロント　（スガナレルに）先生、わざわざお越しいただき、ありがとうございました。ぜひとも先生のご診断を仰ぎたいもので。

スガナレル　（医者の服装で、とんがり帽子(7)をかぶっている）ヒポクラテス(8)曰く……ええと……お互いに帽子をかぶることにいたそう。

ジェロント　ヒポクラテスがそんなことを申しましたか？

スガナレル　さよう。

ジェロント　第何章で？

スガナレル　ええと……帽子の章で。

ジェロント　ヒポクラテスがそう申しているのなら、そのとおりにいたしましょう。

スガナレル　先生、あなたは医者として深い学《がく》がおありだそうで……

ジェロント　どなたのことをおっしゃっているんで？
スガナレル　あなたのことを。
ジェロント　わたしは医者ではありません。
スガナレル　医者でない？
ジェロント　ええ、全然。
スガナレル　（ここで棒を取りだし、自分がなぐられたように、ジェロントをなぐりつける）本気でそう言うのか？
ジェロント　本気で。アイタ！　タ、タ、タ！
スガナレル　これであなたも医者になれた。わたしだって、ほかに免許状を持ってるわけじゃない。
ジェロント　（ヴァレールに）なんて野郎を引っぱってきたんだ？
ヴァレール　さっきも申しあげたとおり、ふざけるのが好きなお医者なんで。
ジェロント　そうか。医者も悪ふざけも、いっしょに叩きだしてやろう。
リュカ　そんなこと気になさるでねえだ。冗談にやったまでで。
ジェロント　その冗談が気に入らぬ。

スガナレル　さきほどはどうも失礼いたしました。
ヴァレール　どういたしまして。
スガナレル　まことに申しわけない……
ジェロント　いえ、いえ。
スガナレル　棒などで……
ジェロント　なにも、そんな。
スガナレル　あなたをなぐったり。
ジェロント　もうその話はやめましょう。ところで、先生、うちの一人娘が妙な病気にかかりましてな。
スガナレル　お宅のお嬢さんがわたしの診察をお受けになりたいとは、まことに恐悦しごく。あなたも、ご家族一同もそうなられんことを、心から祈っております。あなたのお役に立ちたいというわたしの気持をお伝えするためにも……
ジェロント　ご厚意痛み入ります。
スガナレル　誠心誠意申しあげているのです。
ジェロント　まことに光栄で。

スガナレル　娘さんはなんという名前かな？

ジェロント　リュサンドと申します。

スガナレル　リュサンド！　ほう！　いい名前だ、つい処方箋《しょほうせん》を書きたくなる！　リュサンド！

ジェロント　どうしているか、見てまいりましょう。

スガナレル　この大きな女は誰です。

ジェロント　男の子の乳母で。

スガナレル　（傍白）ふうん！　なかなかみごとなからだつきだ。（ふつうの声で）もしもし、乳母さんや、かわいらしい乳母さんや、わたしの医術は、あなたの育児所のためなら、なんなりとお役目をつとめますよ。わたしも小さな赤ちゃんになって、あなたの美しいお胸から（と言いながら乳母の胸に手をふれる）おっぱいが飲んでみたい。わたしの薬、わたしの学問、わたしの技能のすべては、あなたのために……

リュカ　失礼でごぜえますが、先生さま、こいつはわたしの女房で。かまわんでくだせえ。

スガナレル　なに、あんたの女房《かみ》さん？

リュカ　へえ。

スガナレル　（リュカを抱きしめるようなふりをして、乳母のほうを向き、抱きしめる）いや、まったく、そいつは知らなかった。お二人のために心からお祝い申しあげる次第。

リュカ　（スガナレルを引っぱりながら）お手やわらかにねげえます。

スガナレル　あんたがた二人が結ばれたことは、ほんとにおめでたい。（またリュカを抱きしめるようなふりをして、女房の頸ったまにかじりつく）こんな立派なご亭主を持たれたことを、奥さんのために祝福します。そして、ご亭主のためにも祝福します、こんなきれいな、こんなお利口な、こんなすらりとしたからだつきの奥さんを持たれたことを。（スガナレルはまたリュカを抱きしめるようなふりをする。リュカが腕をさしだすと、スガナレルはその腕の下をかいくぐって、またもや乳母を抱きしめる）

リュカ　（またもやスガナレルを引っぱって）まあさ、もし、そんなお世辞なんか、抜きにしてくだせえ。

スガナレル　お似合いのご夫婦にお祝いを申し述べてはいけませんかな？

リュカ　わたしになら、いくらでも。だけんど、女房にゃあ、挨拶もほどほどにねげえます。

スガナレル　お二人のしあわせが、ひとごととは思えませんのでな。（またもや同じしぐさをくり返す）わたしの喜びをお伝えするために、あんたを抱きしめ、同じ気持を伝えるために、奥さんにもキッスを送ります。

リュカ　（なおもスガナレルを引っぱって）ひゃあ、あきれた！　先生さま、あんてことをするだよう！

第三景

スガナレル、ジェロント、リュカ、ジャックリーヌ

ジェロント　先生、娘はいますぐこちらへ連れてまいります。

スガナレル　ありとあらゆる薬を用意して、お待ちいたしております。

ジェロント　そのお薬はどこに？

スガナレル　(額を指さして）このなかに。

ジェロント　ほほう。

スガナレル　(乳母の乳首にさわろうとして）ところで、このわたしは、お宅のみなさまがたのことをお案じ申しあげておりますので、ちょいと乳母さんの乳をしらべ、胸をよくみておかなくては。

リュカ　(スガナレルを引っぱり、クルリと一廻りさせて）いけねえ。そんなこと、してもらいたくねえだ。

スガナレル　医者の役目《やくめ》ですぞ、乳母の乳房をしらべるのは。

リュカ　役目かなんだか知らねえだが、まっぴらご免こうむりますだ。

スガナレル　無礼者、医者のいいつけにさからう気か？　とっとと出て行け。

リュカ　ふん、怖くもねえ。

スガナレル　(リュカをジロリと眺め）きさまに熱病をくれてやろう。

ジャックリーヌ　(リュカの腕をとり、クルリと一廻りさせ）どきなせえ、そこから。知らねえだかよ、お前さん、この人に悪いいたずらでもされたら、わしだって自分で結構身を守れるってことがさ？

リュカ　この男にお前のからだをさわらせたくねえだ、このおれは。

スガナレル　ふん、田舎者のくせに、女房のことでやきもちをやくなんて！

ジェロント　さあ、娘がまいりました。

第四景

リュサンド、ジェロント、スガナレル、ヴァレール、リュカ、ジャックリーヌ

スガナレル　これが病人かね？

ジェロント　はい。娘はこれ一人きりで。万一、これが死ぬようなことがありましたら、さぞ辛い思いをすることでございましょう。

スガナレル　死なれては困る。医者の処方なしに死ぬという法はない。(9)

ジェロント　さ、どうぞお掛けになって。

スガナレル　（ジェロントとリュサンドのあいだに腰をおろして）これはなかなか感じの

いい病人だ。健康な男でも、このひととなら仲よくやって行けそうだ。

ジェロント 娘が笑いだしましたぞ、先生。

スガナレル 大いに結構。医者が病人を笑わせる、これほどよい徴候はない。（リュサンドに）どうです、お加減は？　どこが悪いんです？　どんなふうに痛むんです？

リュサンド （手を口や、頭や、顎の下に持ってゆき、身振りで答える）アン、イ、オン、アン。

スガナレル え、なにを言ってるんです？

リュサンド （同じしぐさをくり返す）アン、イ、オン、アン、アン、イ、オン。

スガナレル え？

リュサンド アン、イン、オン。

スガナレル （真似をして）アン、イ、オン、アン、ア。さっぱりわからん。なんという珍妙な言葉だ。

ジェロント 先生、それが病気なんでございます。娘は、原因不明のまま、唖になってしまいました。そんなわけで、結婚ものびのびになっておりまして。

スガナレル　して、そのわけは？

ジェロント　婿になる男は、娘の病気が治ってから式をあげたいと申しますんで。

スガナレル　いったい、どこの馬鹿野郎です、女房が唖じゃ困るなんてほざくのは？　うちの女房がそういう病気にかかってくれたらなあ！　金輪際《こんりんざい》、治してなんかやるものか。

ジェロント　ともかく、先生、十分手をつくして、治してやってください。

スガナレル　いやいや、ご心配なく。ところで、いかがです、ひどく苦しみますか？

ジェロント　はい、先生。

スガナレル　大いに結構。痛みははげしいかな？

ジェロント　非常な痛みで。

スガナレル　大いによろしい。お通《つう》じは？

ジェロント　ございます。

スガナレル　量はたっぷり？

ジェロント　さ、それは。

スガナレル 便《べん》は、いいお便《べん》で？
ジェロント そんなことは存じません。
スガナレル (病人のほうに向きなおり) 腕をお出しなさい。(ジェロントに) この脈でちゃんとわかる、お嬢さんが唖だということが。
ジェロント そうです、先生、それが病気なんで。それを先生は一目でお当てになった。
スガナレル ふん、ふん。
ジャックリーヌ 先生は病気をすぐ見抜いただよ！
スガナレル われわれほどの名医ともなれば、たちどころに診断を下す。無学なやつらなら、途方にくれ、「ああだ、こうだ」といい加減なことを言ったにちがいない。だが、このわたしは、いきなり病状を見抜き、あなたに教えてあげる。娘さんは唖だ。
ジェロント はい。でもどうしてそうなったか、お教えねがいたいもので。
スガナレル それはぞうさもないことだ。口がきけなくなったからさ。
ジェロント それはそうかもしれませんが、その原因は？　どうして口がきけなくなったんでしょう？

スガナレル　一流の学者たちの一致した意見によれば、それは舌の運動の障害から起こる、ということになっておる。

ジェロント　もうひとつ先生にうかがいますが、舌の運動の障害についての先生のお考えは？

スガナレル　アリストテレスが、その点について……きわめて興味ある見解を述べている。

ジェロント　でございましょうな。

スガナレル　いや、まったく。あれは偉大な人物であった！

ジェロント　それはもう。

スガナレル　偉大も偉大な人物……（肱から上をあげて）あらゆる点で、わたしよりこれくらい偉大な人物であった。さて、さっきの議論に戻るが、わたしの考えでは、舌の運動の障害は、ある種の体液(10)によってひきおこされる。この体液を、われわれ学者のあいだでは悪性体液と呼んでいる。悪性、すなわち……悪性体液。かるがゆえに、患部より立ちのぼるさまざまな発散物によって形成される蒸気が……つまりその……かのところから出てまいって……あなた、ラテン語はおわかりかな？

ジェロント　まるっきり。

スガナレル　（びっくりしたような顔つきで立ちあがり）ラテン語がまるっきりわからない？

ジェロント　はい。

スガナレル　（いろいろとふざけた身振りがあって）カブリキアス、アルキ、トゥラム、カタラムス、シングラリテール、ノミナティヴォ、ハエク・ムーサ、（このミューズ）、ボヌス、ボナ、ボヌム。デウス・サンクトゥス・エスト・ネ・オラティオ・ラティナス？　エティアム、（しかり）。クワーレ？（なにゆえに？）、クイア・スプスタンティヴォ・エト・アドイェクティヴム・コンコルダット・イン・ゲネリ・ヌメルム・エト・カスス。(11)

ジェロント　あーあ、わしも学問をしておけばよかった！

ジャックリーヌ　すげえ学《がく》のある先生だあ！

リュカ　うん、あんまりおみごとで、おらにはさっぱりわからねえ。

スガナレル　ところで、さっきお話しした蒸気は、左側、すなわち肝臓のあるところから出てまいって、右側、すなわち心臓のあるほうに移行する。(12)すると肺門、これをラテン語ではアルミヤンと呼んでおるが、これがヘブライ語でキュビールといわれる静脈によって、脳髄、すなわちギリシャ語でナスムス(13)と呼ぶところのものとつながる。その途中でさきに述べた蒸気に出会い、肩甲骨の空洞を充満する。なんとなれば、右に述べた蒸気は……このへんの筋道をしかと頭に入れてもらいたい、よろしいかな。さてその蒸気たるや、一種の毒性を帯びており……しかと頭に入れておくんですぞ、この点は。

ジェロント　はい。

スガナレル　一種の毒性を帯びており、その原因たるや……よろしいか、ご注意ねがいたい。

ジェロント　はい、よく注意してうかがっております。

スガナレル　その原因たるや、横隔膜の凹《くぼ》みに発生した体液の苦さによるものであり、その体液は……オッサバンドゥス、ネクェス、ネクェール、ポタリヌム、クイプサ・ミルス。(14)というわけで、お嬢さんは唖になられたのじゃ。

ジャックリーヌ　うめえこと言いなさるだ、先生は！
リュカ　どうしておらは、あんなにうまく舌が廻らねえだろ！
ジェロント　たしかに、これ以上上手に説明することはできますまい。ただひとつ気になりましたのは、肝臓と心臓のあり場所でございます。先生はその位置を逆にしていられるようで。実際には心臓が左、肝臓が右、と心得ますが。
スガナレル　さよう、昔はまさしくさようであった。しかし、われわれは、そういうことのすべてをすっかり変えてしまった。当今では、まったく新しい方法によって医療をおこなっているのじゃ。
ジェロント　それは存じませんでした。愚かなことをうかがって失礼いたしました。
スガナレル　いやいや、かまわん。あなたはわれわれほど物知りである必要はない。
ジェロント　それはもう。ところで、先生、この病気を治すには、どうしたらよろしいので？
スガナレル　どうしたらよいのかって？
ジェロント　はい。
スガナレル　わたしの考えでは、病人をまたベッドに寝かせ、薬として、葡萄酒に浸したパンをたっぷり食べさせることですな。

ジェロント　どうして、そんなことを、先生？

スガナレル　なぜなら、葡萄酒とパンを混ぜ合わせたもののなかには、交感的作用があって、口をきかせる効き目があるからです。ご承知のように、おうむにはそれ以外のものは与えません。それなのに、おうむはそういうものを食べて、しゃべることを覚えるではありませんか？

ジェロント　ははあ！　なるほど！　いや、これは大した先生だ！　さあ、早く、パンと葡萄酒をたっぷり用意しろ！

スガナレル　夕方、どんなご容態か、もう一度往診して進ぜよう。（乳母に）あんたも、からだをお大事に。（ジェロントに）この乳母にも、ちょっと手当てをせねばなりませんな。

ジャックリーヌ　だれに？　このわたしに？　このとおりピンピンしておりますだが。

スガナレル　いや、乳母さん、それがいかん。健康すぎるというのが心配なのだ。ほんのちょっぴり、痛くないように血を取って、同じようにちょっぴり、甘口の浣腸《かんちょう》(15)をしておくのも悪くないですな。

ジェロント　しかし、先生、そういう流行がわたしには納得できません。病気もないのに、なぜ血を取ったりなさるのです？

スガナレル　いや、そんなことはない。血を取る流行は健康的なものです。そのうちのどが渇くと思って水を飲むように、そのうち病気にかかるのを用心して、血を取っておくわけで。

ジャックリーヌ　（あとずさりして）とんでもねえ！　いやなこんだ。自分のからだを、薬屋の店にするなんて、まっぴらごめんでごぜえます。

スガナレル　あんたは治療がいやだとおっしゃる。しかし、いずれ話がわかるようにしてあげよう。（ジェロントに話しかける）では、これで失礼します。

ジェロント　どうぞ、しばらくお待ちを。

スガナレル　どういうご用件で？

ジェロント　先生にお金を差しあげようと思って。

スガナレル　（ジェロントが財布を開くあいだ、手をうしろに廻して、服の下から差しだす）受け取れませんな。

ジェロント　先生……

スガナレル　断じて。

ジェロント　ほんのちょっと。

スガナレル　絶対に。

ジェロント　おねがいですから！

スガナレル　ご冗談を。

ジェロント　さあ、これでよしと。

スガナレル　びた一文も受け取れません。

ジェロント　まあまあ！

スガナレル　金を目当てに来たわけじゃありません。

ジェロント　それはそうでございましょうが。

スガナレル　（金を受け取ってから）まさか、にせがねじゃないでしょうな？

ジェロント　大丈夫でございます、先生。

スガナレル　儲《もう》け主義の医者ではありません、わたしは。

ジェロント　よく存じております。

スガナレル　利害によって左右されることもない。
ジェロント　そんなこと、考えてもおりません。

第五景

スガナレル、レアンドル

スガナレル　（もらった金を眺めながら）いや、まったく、こいつは悪くない。うまい具合に……
レアンドル　先生、ずいぶん前からお待ちしておりました。ぜひお力になっていただきたいと思いまして。
スガナレル　（レアンドルの手頸をにぎって）脈の調子ははなはだ悪い。
レアンドル　ぼくは病気じゃありません、先生。そのためにおうかがいしたわけでもないのです。
スガナレル　病気でないのなら、なぜ最初からそう言わないのだ？

レアンドル　はい。一言で申しますと、ぼくの名前はレアンドル、先生がいまご診察になったリュサンドの恋人です。お父さんのご機嫌が悪いので、どうしても彼女に近寄ることができず、思いあまって、先生にぼくの恋のとりもちをしていただきたい、ほんの一言彼女に話しかける計画を実行したい、そう考えておねがいにまいった次第です。ぼくの恋、ぼくの生命は、これひとつにかかっているのですから……

スガナレル　（怒ったようなふりをして）わしを誰だと思う？　なんだと！　このわたしに向かって、よくもまあ言えたもんだ！　恋のとりもちをしろだの、医者の威厳を傷つけるような仕事をしろなどと！

レアンドル　先生、そんな大きな声をお出しにならないで。

スガナレル　（レアンドルを押しつめながら）わしは大きな声をだしたいのだ。失礼じゃないか、きみ！

レアンドル　先生、どうぞ、お静かに。

スガナレル　けしからん！

レアンドル　おねがいです！

スガナレル　いいか、わしはそんなことをする男じゃない、無礼千万な……

レアンドル　(財布を取りだして、スガナレルの手に渡す)　先生……

スガナレル　(財布を受け取って)　わしをそんな用事に使おうなどと……いや、きみのことを言ってるのじゃない、きみはしっかりした人物だ。喜んでお力になってあげよう。しかし、世の中には、痛くもない腹をさぐろうとするけしからん奴がいるものだ。実はそういう連中にたいして腹を立てていたのです。

レアンドル　先生、どうも失礼いたしまして……

スガナレル　ご冗談を。で、用件は?

レアンドル　いまにおわかりになるでしょうが、先生が治そうとしていらっしゃる病気は、仮病《けびょう》なんです。いろんな先生がたが、あれこれ手をつくして診断を下されました。脳が悪いの、腸が悪いの、脾臓だの、肝臓だの、見立てはさまざまですが、ほんとうの原因は恋わずらいなんです。リュサンドがこんな仮病をつかったのは、気の進まぬ結婚を破談にしたいばかりなんで。でも、こうして二人いっしょにいるところを見られては困りますから、どこかへ隠れましょう。歩きながら、おねがいの筋を申しあげます。

スガナレル　あなたはほんとに優しいひとで、ご自分の恋を大切にしていらっしゃる。これにはわたしの医学も太刀打ちできません。病人は死んでしまうか、それともあなたのものになるか、どちらかでしょう。

第三幕

舞台はジェロント家の附近

第一景

レアンドル、スガナレル

レアンドル　こんなふうに変装すると、ぼくでもどうやら薬剤師らしく見えますね。娘の父親はぼくを一度も見たことがありません。だから、こうして服とかつらを取りかえれば、相手の目をうまくごまかすことができますね。

スガナレル　そりゃあもう。

レアンドル　なんなら医学用語を五つか六つ、お教えねがいたいもので。そうすればもっともらしい口もきけますし、学者らしくも見えますから。

スガナレル　いや、そんな必要はまったくない。服装だけでたくさんだ。わたしだってきみと同様、べつに医学の心得があるわけじゃない。

レアンドル　なんですって？

スガナレル　医学とはこれっぽっちも縁はありませんや。きみは信頼できる人物だから、お互いどうし、ざっくばらんに打ち明けましょう。

レアンドル　え！　ほんとに医者ではない……

スガナレル　ではないんです。いやだというのに、むりやり医者にされてしまったんで。学者になろうなんて、一度も考えたことはなし、学校のほうは小学一年どまりですよ。どうして奴らがこんな途方もないことを思いついたか、さっぱりわけがわかりません。あの連中が力ずくでもわたしを医者にしようというので、観念してなることにしたんですが、患者にとっちゃ迷惑な話ですよ。そのくせ、妙な間違いがパッと世間にひろがって、誰もかれもがわたしを名医扱いする始末。四方八方から診察を求めにやってくる。いつまでもこんな調子で行くんなら、一生涯お医者稼業《かぎょう》をつづけてもいいと思いますね。こんなありがたい商売って、あるものじゃない。だってそうでしょう、病気がよくなろうと、悪くなろうと、どっちみち謝礼にはありつける。責任がどうのこうのってことは、絶対にありません。仕立てる布地を好き勝手にぶった切るようなもんでさあ。靴屋が靴をつくる段になりゃ、へまをしたら、皮代《かわだい》をしょいこむことになる。医者の場合は、人間一匹を台なしにしたところで、べつにどうってこともない。われわれにとって、大失敗なんて絶対にあるはずはない。悪いのは死ぬ奴、というのが通り相場になっている。要するに、この商売の面白味は、死人がみんなこの上もなくおとなしく、黙りこくっている点にある。殺した医者に文句をつける死人なんて、見たこともありませんからね。

レアンドル　そういえば、その点にかけちゃ、死人はおとなしい連中ばかりですね。

スガナレル　(自分のほうへやってくる人たちに気がついて)　どうやらわたしに診察を頼みに来たらしい。あなたの恋人の家のそばで待っててください。

第二景

チボー、ペラン、スガナレル

チボー　先生さま、せがれのペランとわしと二人で、おねげえにあがりました。

スガナレル　どうしたのかね？

チボー　せがれのおふくろのペレット婆さんが病気でよ、六カ月前《めえ》から寝たっきりでごぜえますだ。

スガナレル　（金を受け取るような様子で、手を差しだす）どうしてもらいたいというのかね？

チボー　おねげえってえのは、先生さま、おっかあを治すのに、なにかうめえ薬《ぐすり》さ探してもれえてえだ。

スガナレル　病気の具合を見ないことにはな。

チボー　水ぶくれ病でごぜますだ、先生、かかあのやつは。

スガナレル　水ぶくれ病？

チボー　へえ、どこもかも腫《は》れあがっちめえまして。ある先生の見立てじゃあ、からだじゅうがくそまじめ症にかかって、かかあの肝臓だか、腹だか、脾臓《ひぞう》だか、なんだか知んねえだが、そいつが血をつくらねえで、水ばっかりつくってるだとか。一日おきに毎日熱《めえにちねつ》が出て、脚の筋《ふじ》がだるくて痛《いて》えと申しますだ。のどにえれえたんの音がして、いまにも息がとまりそうなんで。ときどき失神《ひっしん》したり、痙攣《へえれん》したり、もうおっ死《ち》んだかと思うこともごぜえます。洗いざれえ言っちまえば、おらたちの村の薬屋が、いろいろかかあの面倒を見てくれただが、高《たけ》えのなんの、浣腸《かんちょう》やら、煎《まん》じ薬を飲まされるやら、やれヒヤシンスのなんとかだの、やれ気つけ薬だので、十二エキュあまり吹っ飛んじめえました。そんなものは、あとで聞くと、くその役にも立たねえ膏薬《こうやく》みてえなもんだそうで。そこでこんどはゲロ吐き酒(16)てえやつをためしてみることになりましただが、おらあ、ふんとにおっかなくて、そんなもの飲ませたら、あの世からお迎《むけ》えがくるんじゃねえかと思いましただ。ああいうデブの医者どもは、妙ちきりんな薬を発明して、むやみに人を殺すというでねえか。

スガナレル　（金を出せと言わんばかりに、手を出して、振ってみせる）さてそこで、どうしてもらいたいというのかね？

チボー　つまりその、先生、どうしたらええだか、おうかげえにめえりましたんで。

スガナレル　なんのことだか、さっぱりわからん。

ペラン　先生、おっかあが病気でごぜえます。こうして二エキュ(17)持ってめえりましたが、なんか薬をちょうでえいたしてえもんで。

スガナレル　うん、お前の言うことはよくわかる。この青年ははっきり口をきくし、説明の仕方も非の打ちどころがない。つまりだな、お前のお母さんは水腫病にかかり、からだ全体が腫《は》れあがり、熱が出て、脚が痛み、ときどき失神したり、痙攣したり、要するに人事不省におちいるというのだな？

ペラン　へえ、先生、まったくそのとおりで。

スガナレル　お前の話は、すぐのみこめた。お父さんのほうは、自分でなにを言ってるか、わからんらしい。ところで、薬が欲しいというんだな？

ペラン　はい、先生。

スガナレル　お母さんの病気を治すために？

ペラン　そうしたいと思っておりますだ。

スガナレル　そら、ここにチーズが一切れある。これをお母さんに食べさせることだ。

ペラン　チーズを、先生？

スガナレル　さよう、これは特別につくらせたチーズでな、金《きん》とか、さんごとか、真珠とか、その他もろもろの貴重な品目が入っておる。[18]

ペラン　先生、どうもはあ、ありがとうごぜえました。さっそくおふくろに食わせてやりますべえ。

スガナレル　そうするがよい。万一、死ぬようなことがあったら、できるだけ手厚くとむらってやりなさい。

第三景

ここで舞台が変わり、第二幕と同じように、ジェロント家の一室となる。[19]

ジャックリーヌ、スガナレル、リュカ(舞台の奥にいる)

スガナレル　やあ、美しい乳母がやってきた。ああ！　わがいとしの乳母よ、こうしてお目にかかれて、ほんとに嬉しい。あなたの顔は、わが心の憂《う》さを洗い流す大黄《だいおう》、はぶ草《そう》、せんなです。

ジャックリーヌ　ふんとにまあ、先生さま、あんなうめえことを言いなさって。先生さまのラテン語は、われらにはチンプンカンプンでごぜえますだ。

スガナレル　病気になってください、乳母さん。わたしがかわいそうだと思って、病気になってください。あなたを治してあげられたら、どんなに嬉しいことだろう。

ジャックリーヌ　ありがとうごぜえます。でも治してもらわねえほうが、なおのこと助かりますだ。

スガナレル　美しい乳母さんや、ほんとにお気の毒に思いますよ、あんなやきもちやきで、うるさがたのご亭主をお持ちだとは！

ジャックリーヌ　そうはおっしゃってくださるだが、先生さま、これも自分が犯した罪のつぐねえというもんで。しばられた牝山羊は、そのまわりの草を喰《は》むより仕方がごぜえません。

スガナレル　なんだって！　あんな田舎っぺえと！　しょっちゅうあなたを見張っている男、誰とも口をきかせないような男と！

ジャックリーヌ　あーあ！　先生さまはまだなにも知っちゃあいなさらねえ。さっきのはほんのちょっぴり機嫌を悪くして見せたくれえなんで。

スガナレル　まさかねえ。あなたのようなひとをいじめる下劣千万な男がいようとは！　美しい乳母さん、あなたのかわいいあんよの先をなめるだけで、嬉しくなる連中がいくらもいるというのにな、しかもここから大して遠くないところに！　どうしてこんな姿のいいべっぴんが、そんな男の手に落ちたんだろう！　けだもの同然の、乱暴者、馬鹿で、間抜けで……ゆるしてください、乳母さん、あなたのご亭主のことをこんなに悪く言ったりして……

ジャックリーヌ　とんでもねえ、先生さま、あいつのことなんか、なんと呼ぼうと……

スガナレル　そうとも、そうとも、乳母さんや、なんと呼ぼうとかまやしない、それどころか、やっこさんの額になにか生《は》やしてやってもいいくらいだ[20]、疑りぶかさを懲らしめてやるためにもな。

ジャックリーヌ　さようでごぜえます。亭主のためばっかり考えていたら、どんなひでえ目にあわされるか、わかりましねえ。

スガナレル　まったくだ、あんたは誰かの手をかりて、やっこさんに仇討ちしてやるがいい。さっきも言ったように、そのくらいのことはしてやってもかまわん男だからな。そこでと、美しい乳母さんや、わたしをその相棒にえらんでくれたら、嬉しいんだが……

（ここで二人はリュカの姿に気がつく。かれは二人のやりとりを聞いて、うしろから出てきたのである。二人はそれぞれの側に退場、医者はきわめて滑稽なしぐさをして見せる）(21)

第四景

ジェロント、リュカ

ジェロント　おーい！　リュカ、ここであのお医者さまを見かけなかったかね？

リュカ　へえ！　見ただとも、チクショウめ、女房といっしょにいるのを見かけましただ。

ジェロント　どこへ行ったんだろう？

リュカ 知りましねえ。だけんど、あんな奴は、悪魔にでもさらわれるがええだ。
ジェロント 娘がどうしているか、見てきてもらいたい。

第五景

スガナレル、レアンドル、ジェロント

ジェロント これはこれは、先生、どこにおいでか、たずねていたところで。
スガナレル お庭を散歩しながら、飲みものの滓《かす》を放出しておりました。ご病人のご容態は？
ジェロント お薬をいただいてから、すこし具合が悪いようで。
スガナレル 大いに結構。薬がきいている証拠です。
ジェロント はい。でも、ききすぎて息がつまりそうなんで。
スガナレル 心配はご無用。なんにでも絶対大丈夫という薬を持っておりますから。お嬢さんが断末魔の苦しみを味わわれるのを待っているくらいです。

ジェロント　（レアンドルを指さして）お連れのかたはどなたで？
スガナレル　（手ぶりで薬剤師だということを示しながら）つまり……
ジェロント　え？
スガナレル　その……
ジェロント　へえ？
スガナレル　男なんですよ……
ジェロント　なるほど。
スガナレル　いずれお嬢さんのお役に立つときがくるでしょう。

第六景

リュサンド、ジェロント、レアンドル、ジャックリーヌ、スガナレル

ジャックリーヌ　旦那さま、お嬢さまが、ちっとべえ歩いてみてえそうで。
スガナレル　それはおからだによろしいでしょう。（レアンドルに）さあ、薬剤師さ

ん、あちらへ行って、脈をみてあげなさい。お嬢さんの病気のことで、のちほど相談したいと思うんでね。（ここで、スガナレルはジェロントを舞台の端に連れて行き、その肩に手をかける。そしてジェロントが、娘と薬剤師が二人でいっしょになにをしているかを見ようとするたびに、スガナレルは相手の顎に手をやって、自分のほうへ振り向かせる。そのあいだ、スガナレルはジェロントの気をまぎらせようとして、こんなふうに話しかける）そもそも、女性のほうが男性よりも治療が容易なりや否や、これは学者のあいだでも重大かつ微妙な問題とされております。次の点をよく理解ねがいたいもので。ある者は然りと言い、他の者は否と言う。わたしは、然り、かつ否、と申します。なんとなれば、女性の自然な性質のなかに発見される不透明な体液の乱雑無礼なること、これが動物的部分の原因となり、つねに感覚を支配しようとする。学者たちの意見の不一致は、月の斜行運動にもとづくものであり、かつまた太陽は地球の凹んだ面に向かって光線を発射するものであるがゆえに、その結果……

リュサンド　（レアンドルに）ええ、絶対に心変わりなんかしないことよ。

ジェロント　や、娘が口をきいた！　薬の力はまったくすばらしい！　なんという立派なお医者さまだ！　ほんとに先生、娘の病気を神業《かみわざ》みたいに治してくださって、まことにはやありがたいことで！　先生のお骨折りにたいして、どんなお礼をしてよろしいやら……

スガナレル　（舞台の上を歩きながら、額の汗をぬぐい）　いやはや、厄介千万な病気だった！

リュサンド　ええ、お父さま、あたし、口がきけるようになりました。でも、そうなったのは、お父さまにこう申しあげたいからなの、夫としてはレアンドル以外の人は絶対にいや、オラースを押しつけようたって、無駄なことよ、って。

ジェロント　しかし……

リュサンド　決心したからには、て、てこでも動きません。

ジェロント　なんだって？……

リュサンド　どんなもっともらしい理窟をならべたって、駄目。

ジェロント　もし……

リュサンド　なんとおっしゃろうと、聞くもんですか。

ジェロント　わしは……

リュサンド　決めたことは決めたことよ。
ジェロント　だが……
リュサンド　父親の権利をかさに着て、いやがる娘をむりやり結婚させるなんて。
ジェロント　わしとしては……
リュサンド　いくら頑張ったって駄目よ。
ジェロント　あれは……
リュサンド　あたし、そんな圧制には従えませんわ。
ジェロント　あの……
リュサンド　愛してもいない男と結婚するくらいなら、いっそ修道院に入ってしまうわ。
ジェロント　そうは言うが……
リュサンド　（びっくりするような大声をはりあげて）いいえ。絶対に。いやと言ったら、いや。時間の無駄になるばかりよ。あたしはお断り。そう決心したんですもの。
ジェロント　こいつ！　われ鐘《がね》みたいな声を出しおって！　どうにも我慢がならん。（スガナレルに）先生、お願いです、こいつをもう一度唖にしてください。

スガナレル　無理な相談ですよ、それは。せいぜいわたしにできることは、お望み次第で、あなたをつんぼにすることくらいですな。

ジェロント　いや、それには及びません。（リュサンドに）お前はそもそも……

リュサンド　いいえ。どんなにお説教されても、あたしの気持は変わらないことよ。

ジェロント　今晩にも、オラースと結婚させてやる。

リュサンド　そんならいっそ、死神と結婚するわ。

スガナレル　（ジェロントに）さあさあ、もうおやめなさい。この一件の処方はわたしに委せてください。もとをただせば病気が原因、どんな薬を盛るかは心得ています。

ジェロント　先生、先生は心の病気までお治しになれますか？

スガナレル　そうです、委せておいてください、万能薬を持っておりますから。それに、さっきの薬剤師が療治の手助けをしてくれるでしょう。（かれは薬剤師を呼んで話しかける）ちょっと一言。ごらんのとおり、レアンドルにたいするお嬢さんの熱情は、父親の意志とまったく相反しており、もはや一刻の猶予も許さない。体液もはなはだしく酸化しており、したがって至急この病気にたいする処置を発見せねばならぬ。ぐずぐずしていたら、手遅れになるおそれがあるからな。わたしの見るところでは、治療法はただひとつ、下剤的退散薬の服用であって、きみはそれに錠剤の結婚ピリンを四分の一オンスほど、適当に混入しておくんだな。お嬢さんはこの薬を飲むのをいやがるかもしれん、しかし、きみはその道の達人だ。上手に説き伏せて、なんとか飲ませるように仕向けたまえ。お嬢さんのお供をして、庭を一廻りしてくるがいい、体液を整えるためにもな。わたしはここでお父さまのお相手をすることにしよう。だが、気をつけるんだよ、時間を無駄にしてはいかん。さあ、早く、薬を！　特効薬を！

第七景

ジェロント、スガナレル

ジェロント　先生、いまおっしゃった薬とは、なんでございます？　そんな薬は一度も聞いたことがないように思いますが。

スガナレル　急を要する場合に用いる薬です。
ジェロント　あんな無礼な態度って、あるものでしょうか？
スガナレル　娘というものは、ときによると、すこし意地っぱりになるものでしてな。
ジェロント　娘がレアンドルをどんなに思いつめているか、ご想像もつきますまい。
スガナレル　若い者はカッと血が燃えるので、そういうことになるのです。
ジェロント　わたしとしては、そういう恋のはげしさを見て取ったので、娘をずっと家へ閉じこめておきました。
スガナレル　ご分別のあるやりかたです。
ジェロント　そして二人の仲を裂くように、十分手をつくしました。
スガナレル　大いに結構。
ジェロント　あの二人を好き勝手に会わせておいたら、どんな間違いが起こったかもしれません。
スガナレル　でしょうな。
ジェロント　あの男と駈け落ちしかねない娘ですからね。

スガナレル　用心ぶかいご配慮です。

ジェロント　男はなんとかして娘に話しかけようとしているそうで。

スガナレル　ふざけた奴ですな！

ジェロント　時間の無駄というもんでしょう。

スガナレル　アッハッハ！

ジェロント　絶対に会わせてなんか、やるもんですか。

スガナレル　やっこさんの相手は間抜けじゃありませんからな。それに、あなたはやっこさんの知らない手をいろいろご存知です。あなたより抜け目がないとしたら、その男もまんざら馬鹿でもありますまい。

第八景

リュカ、ジェロント、スガナレル

リュカ　ひゃあ！　えれえことになっただよう、旦那さん。大事件《でえじけん》でごぜえますだ。

お嬢さんがレアンドルとどこかへ雲がくれしてしまっただ。薬剤師てえのは、あの男だったんで。このお医者さんでごぜえます、こんなどえれえ手術をやらかしたのは。

ジェロント　なに！　わしをこんな痛い目にあわせるとは！　さあ、お巡りさんを呼べ、逃がすんじゃないぞ！　この裏切り者め！　裁判にかけて、しばり首にしてやろう。

リュカ　ふんとに、そうだとも、お医者の先生、しばり首にされるだぞ、おめえさんは、ちょっとだって動くでねえ！

第九景

マルチーヌ、スガナレル、リュカ

マルチーヌ　（リュカに）やれやれ！　この家を見つけるのに、えらい苦労をしたよ。さっき教えたげたお医者さんは、いったいどうしているんだね？

リュカ　いまにしばり首にされるだよ。

マルチーヌ　えっ！　うちの亭主がしばり首！　まあ！　あのひとがなにをしたって言うの？

リュカ　うちの大将《てえしょう》のお嬢さんを駈け落ちさせただ。

マルチーヌ　ねえ、お前さん、ほんとかい、しばり首にされるってのは？

スガナレル　ごらんのとおりさ、情けねえことになったもんさ！

マルチーヌ　こんなに大勢の人が見ている前で、おめおめ死ななきゃならないのかい？

スガナレル　どうにもしようがないじゃないか？

マルチーヌ　せめて、お前さんが森の木を伐っちまったあとなら、こちらもすこしは助かるんだがねえ。

スガナレル　あっちへ行ってくれ。お前の顔を見ると、せつなくて、せつなくて。

マルチーヌ　いいえ、わたしゃここにいて、お前さんが死ぬのを応援してあげるよ。お前さんが、しばり首にされるのを見とどけるまで、わたしゃここから動かないからね。

スガナレル　やれやれ！

第十景

ジェロント、スガナレル、マルチーヌ、リュカ

ジェロント　（スガナレルに）お巡りさんは、いますぐやってくる。いずれお前さんを、逃げかくれできない場所に移してくれるだろう。

スガナレル　（帽子を手にして）わーい！　こいつを棒でぶんなぐるだけで、ご勘弁ねがえませんか？

ジェロント　ならん、ならん、裁判で白黒をつけてもらおう。や、あれは？

第十一景

レアンドル、リュサンド、ジャックリーヌ、リュカ、ジェロント、スガナレル、マルチーヌ

レアンドル ジェロントさん、ぼくはこうして悪びれず、あなたの前に進み出て、リュサンドさんをお返しいたします。ぼくたちは二人で駈け落ちして、結婚するつもりでした。しかし、その計画はやめにして、もっと正々堂々たる手段を取ることに決めたのです。あなたのお嬢さんをこっそり盗み出そうなんて、ぼくはさらさら考えておりません。あなたのお手から正式にもらい受けたいのです。実は、さっき手紙を受け取ったんですが、それによると、伯父が死んで、ぼくはその財産をそっくり相続することになりました。

ジェロント あなたはほんとに立派なかただ。娘は喜んであなたに差しあげましょう。

スガナレル （傍白）医学もこれで、やっと命びろいしたようだ！

マルチーヌ　お前さんもしばり首にされないですんだんだから、わたしにお礼を言ってもらいたいね、お医者さんになれたことを。わたしのおかげなんだよ、そんな立派な肩書にありつけたのは。

スガナレル　そうか！　お前の差しがねだったんだな、おれがさんざん棒でぶんなぐられたのは。

レアンドル　（スガナレルに）こんなにうまく行ったんですから、怒ることはないでしょう。

スガナレル　そうだな。（マルチーヌに）なぐられたことは勘弁してやろう、おかげさまですこしは偉くなれたんだから。しかし、おれほどの人物にたいしては、今後大いに尊敬の念をもって暮らしてもらいたい。医者が腹を立てたりしようものなら、お前たちには想像もつかないくらい、怖いものなんだぞ。

注

(1) カッコ内は一七三四年版による。

(2) もちろん、これはでたらめ。

(3) キケロはローマの政治家、雄弁家(前一〇六—前四三)。樹皮と木のあいだに手を入れてはならぬ、つまり、親しい者どうしの仲を裂くな、という戒めは、フランスでは格言として古くから用いられていた。スガナレルはこれを、木と指のあいだに樹皮を入れてはならぬ、と言い誤まっている。意味が通じにくいと思って、このように意訳しておいた。

(4) 油とアルコールを混ぜ合わせた強壮剤で、十七世紀ころ盛んに用いられた。

(5) ソルもしくはスー。一フラン(リーヴル)の二十分の一。

(6) 一ドゥーブルは二ドゥニエ。一ドゥニエは一フラン(リーヴル)の十二分の一。したがって、一ドゥーブルは六分の一フラン。

(7) モリエール劇では、医者はほとんどつねに大きなとんがり帽子をかぶって登場する。また大きな浣腸器をたずさえている場合もある。いずれにせよ、当時の風俗を誇張したものであろう。

(8) 紀元前五世紀ころのギリシャの名医。モリエール劇に登場する医者は、ヒポクラテスやガリエヌス等、古代の学者たちの説を好んで採用し、多くの場合、病気を治すことよりも、論理をもてあそんで満足する。患者より学説を重んずる当時の医学界の傾向を、モリエールが諷刺したものであろう。帽子云々は、むろんでたらめである。

(9) 同じようなせりふが、初期の笑劇『飛び医者』にも見られる。

(10) この時代までの医学では、人間の体内に血、粘液、胆汁、黒胆汁(メランコリー)の四つの体液が流れており、これら四つの体液を混ぜ合わせる(temperare)ことによって性格や気質(tempérament)ができるものと信じられていた。

(11) カブリキアス、アルキ、トゥラム、カタラムスまでは、ラテン語とは無関係。シングラリテールは単数において、ノミナティヴォは主格においての意。カッコ内はラテン語をスガナレルがフランス語に訳したもの。ボヌス、ボナ、ボヌムは、よいという単数形容詞の男・女・中性形。

デウス以下は、ややラテン文らしくなっているが、性・数・格に誤まりが多い。正しいラテン文は、Deus sanctus, estne oratio latina? Etiam. Quare? Quia adjectivum et substantivum concordant in genere, numero et casu. (聖なる神、こはラテン語なりや? しかり。なにゆえに? なんとなれば形容詞と名詞が、性・数・格において一致するがゆえに)。

(12) 一六五〇年に死刑囚の解剖がおこなわれたとき、たまたまその死体には心臓が右側にあったので評判になったといわれる。

(13) アルミヤン、キュビール、ナスムスはいずれもモリエールの造語。

(14) これも(13)と同様。ただし、一六四五年に書かれたロトルーの芝居に、オッサブンド、ネクェイ、ネクェット……というせりふがトルコ語として用いられている。この部分はおそらくロトルーからの借用であろう。

(15) この時代の療法として主として用いられたのは、血を取ること(刺絡)、下剤をかけること、浣腸をすることであった。吐き薬(葡萄酒にアンチモニーの粉末をまぜたもの)の使用の可否が論ぜられるようになったのは、モリエールの『ドン・ジュアン』が発表されるすこし前、一六六五年ころのことである。

なお、甘口の浣腸(clystère dulcifiant)なるものが実際に存在したかどうか、つまびらかではないが、おそらく、痛くない、苦痛のともなわない浣腸という意味で、モリエールの造語であろう。

(16) 注(15)を参照。

(17) エキュ貨は中世の聖王ルイ時代につくられた金貨であるが、十六、七世紀では銀貨で、三フラン(リーヴル)の価値をもっていた。

(18) 金銀宝石の粉末をまぜた薬は、十七世紀ころには貴重薬とされていた。

(19) 一七三四年版のト書きによる。

(20) 亭主の額になにか(角)がはえるとは、女房が浮気すること。角の生えた亭主とは、すなわちコキュ。

(21) この部分は一七三四年版のト書きでは次のようになっている。
(スガナレルがジャックリーヌを抱きしめようとして腕をのばすと、リュカはその下から顔を出し、二人のあいだに割って入る。スガナレルとジャックリーヌは、それぞれの側に退場。医者はきわめて滑稽なしぐさで)

あとがき

『ル・ミザントロープ』と『いやいやながら医者にされ』

モリエールの最初の伝記作者グリマレ(Grimarest)の手に成る『モリエール伝』(La Vie de Monsieur de Molière, 1705)には、つぎのような記述がある。

「……新作を提供しないかぎり、観客から飽きられることを、モリエールはよくわきまえていた。登場人物をえらぶことにかけては、例によってソツがなく、かれは『人間ぎらい』《ル・ミザントロープ》(『孤客』)を主人公にして作品をまとめあげ、これを一般に公開した。しかし、初演のとき以来、パリの観客が感嘆するよりも笑うことを好んでいることを、モリエールはいち早く感じ取っていた。一方に繊細微妙な心理のあやを理解することのできる二十人の観客があるとすれば、他方には、そうしたものを知らないために反撥する百人の客がいることが読み取れたのである。モリエールは自分の仕事部屋に引き返すやいなや、『ル・ミザントロープ』を「支える」目的で、『(いやいやながら)医者(にされ)』の原稿を書きはじめた。『ル・ミザントロープ』の第二回の公演は、初演よりもさらに成績が悪かった。そのために、『薪《まき》つくり』の制作をいそがざるをえなかったのである。もっとも、この仕事はモリエールにとって、それほど困難なものではなかった。なぜなら、若いころ南仏巡業中に、これに似た小作品をたびたび上演していたからであり、かれとしてはそれに手を加えれば十分だったのである……」

『ル・ミザントロープ』が初演された一六六六年の六月四日は、ルイ十四世の母アンヌ・ドートリーシュが死去して間もないころのことであり、宮廷が服喪中という悪い条件も重なって、公演は必ずしも成功とはいえなかった(これについては、悲劇作家ジャン・ラシーヌの息子ルイの証言等の傍証がある)。

モリエール一座の俳優であり、かつ勘定方《かんじょうがた》として、綿密な「帳簿」——これは後世の研究家たちにとって貴重な資料となった——を残したラ・グランジュによれば、『ル・ミザントロープ』の初演の興行収入は一四四七フラン(リーヴル)、第二回のそれは一六一七フランとなっている。したがって、さきに引用したグリマレの記述のうち、第二回の公演は、初演よりもさらに成績が悪かった、云々とある部分は、明らかに誤まりであるといえる。

　ところで、この時代の劇場の入場料はどうなっていたかというと、舞台の両袖に椅子が置かれ、芝居通をもって任ずる貴族たちはこの特別席に、半ルイ（一ルイは二十フラン、したがって半ルイは十フラン）という大金を支払って、舞台上に頑張っていた。身分高き婦人たちは二階の桟敷席（三フラン）へ、一般大衆は立ち見の平土間席（十五ソルもしくはスー、一ソルは一フランの二十分の一、したがって十五ソルは$\frac{3}{4}$フラン）へ、というのが当時のならわしであった。

　数年前に刊行されたロワズレ（Loiselet）の『モリエールは何によって生計をたてていたか？』（De quoi vivait Molière?）によると、十七世紀中葉から後半にかけての一フランは、さまざまな資料から推定して、ほぼ今日の七百フランくらいに相当する、とある。その後にまたフラン貨の価値に変動があり、為替レートなどを基準にして換算するのは、かなりの無理があるだろうが、モリエール時代の一フランは、現在の日本の千円内外と考えてよさそうに思われる。十七世紀のフランスにあっては、芝居を見ることはかなりぜいたくな娯楽であり、観客層は貴族階級および富裕なブルジョワジーから成り立っていた。王侯貴族の保護を受けながら、一方では多額の入場料の分け前にあずかっていた俳優たちが、かなり安楽な生活を送ることができたのも、そのような事情によるものであろう。

ところで、そのころの興行界では、一日のあがりが千フランを越せば、まずまずの成功、千フラン以下なら失敗といえないまでも不成功、千五百から二千フランなら成功、二千フランを越せば大成功ということになっていたらしい。モリエールの作品のうち、問題作の『タルチュフ』や『ドン・ジュアン』は、しばしば二千フランを越す興行成績をあげているし、大がかりな舞台装置をつかった『プシシェ』(コルネイユ、キノーとの共作)も、これに劣らぬ当りを取っている。十七世紀フランスで、これをしのぐ大成功を収めたのは、当時の流行作家トーマ・コルネイユ(大コルネイユの弟)のみであった。

『ル・ミザントロープ』の初演と、第二回の公演は、右に見たように、まずまずの興行成績をあげているが、第三回目の公演から、客足は見る見る落ちてきた。そのころのしきたりでは、芝居は毎週三回、火金日の夕刻から幕をあけることになっていた。『ル・ミザントロープ』の興行収入を、ラ・グランジュの帳簿によって念のため初演からしらべて行くと、つぎのようになっている。単位はフラン（リーヴル）、以下は省略。

六月四日	金	一四四七
〃 六日	日	一六一七
〃 八日	火	八八六
〃 十一日	金	九七二
〃 十五日	火	六九八
〃 十八日	金	六四七
〃 二十日	日	七二三
〃 二十二日	火	六四一
〃 二十五日	金	六〇一
〃 二十七日	日	二一二
〃 二十九日	火	三四九

グリマレが『ル・ミザントロープ』の第二回の公演は、初演よりさらに成績が悪

かった、と述べているのは、これによっても明らかに誤まりであるが、この芝居の興行成績が、第十回目の公演を境として、いちじるしく不振になったことは、右の表によっても一目瞭然である。問題は、グリマレが言っているように、モリエールが『ル・ミザントロープ』を「支える」ために、大いそぎで『医者』(『薪《まき》つくり』)を書かねばならなかったかどうか、という一点にしぼられる。

グリマレの伝記は、モリエールの死(一六七三年)後、三十二年も経た一七〇五年に刊行されたものであり、その資料の多くを伝聞証言に仰いでいる。モリエールの友人であった評論家のボワローは、この評伝を「間違いだらけ」と頭ごなしにきめつけているが、資料の十分に整備されていなかった十八世紀初頭の労作としては、「かなりよくできたもの」という見方も、ちかごろでは次第に有力になってきており、最近では、十七世紀文学の研究家(モングレディアン)が詳註を附した新版を出しているくらいである。

モリエールの生涯とその作品について、本格的な研究がはじめられるのは、十九世紀の、それも後半に入って以後のことであった。グリマレの『モリエール伝』は、一世紀以上にわたって、唯一の伝記(もっとも、一六八二年に刊行されたモリエールの最初の全集版には、編者のラ・グランジュとヴィノによる著者略伝が附されているが、これは伝記と呼ぶには、あまりにも簡略なものである）として、資料的な価値を認められていたようで、ヴォルテールのつぎのような見解にも、多分にグリマレの影響があると見て差支えあるまい。

「……モリエールはかれの傑作『ル・ミザントロープ』の上演を中断し、しばらくのち、『いやいやながら医者にされ』を添えものにして公演を再開した。これはきわめて陽気な、きわめて滑稽なファルスであり、素朴な民衆はこのような作品を必要としていたのである。それはあたかも、オペラにおいて、高雅な音楽を聞いたあとで、それ自体大した価値はないけれども俗耳に入りやすい軽いメロディーに、人びとが喜んで耳を傾けるようなものである……

『医者』は『ル・ミザントロープ』を支えた。それは人類にとって恥ずかしいことであるかもしれない。しかし、人類というものは、もともとそのようにできている。人びとは、教えられるためにではなく、笑うために劇場へ出かけて行く。『ル・ミザントロープ』は、聡明な人びとのために書かれた賢者の作品であった。しかし、その賢者は大衆を喜ばせるために、道化師に変装せざるをえなかったのである……」

『ル・ミザントロープ』は、筆の速いモリエールが、めずらしくたっぷり時間をかけて書きあげた作品であった。じじつ、一六六五年『ドン・ジュアン』の公演を自発的に中止して以来、モリエールは目ぼしい作品を書いていないし、『ル・ミザントロープ』の主人公アルセストによって第一幕の冒頭で手きびしく攻撃されるフィラント的な人物のひながたは、すでに一六六三年に発表された『ヴェルサイユの即興劇』のなかに提示されている。このように十分構想をねり、推敲を重ねたのちに世に問うた『ル・ミザントロープ』が、失敗とはいえないまでも、思わしい興行成績をえられなかったことは、モリエールにとってかなりのショックだったにちがいない。

「よい芝居とは、観客に喜ばれる芝居だ」(『女房学校是非』一六六三)という固い信念をもっていたモリエールは、ここで方向転換を余儀なくされる。これまで、性格の歪みにスポットをあて、芝居の見《み》巧者《ごうしゃ》たちの支持を受けてきたモリエールは、『女房学校』(一六六三)、『タルチュフ』(一六六四年にヴェルサイユで初演され、一六六九年に一般公開)、『ドン・ジュアン』(一六六五)のようなすぐれた性格喜劇を発表したのち、『ル・ミザントロープ』が予期したほどの成績をあげえなかったのを契機として、ガラリと作風を一変させ、それ以後は宮廷向きの舞踊劇や、パリの民衆を笑わせるようなファルスを数多く執筆するようになる。しかし、晩年の作品にも、『守銭奴』(一六六八)のごとき強烈な性格喜劇や、『女学者』(一六七二)のようなすぐれた風俗喜劇がないわけではない。

『いやいやながら医者にされ』の成立過程について

『いやいやながら医者にされ』(Le Médecin malgré lui)は、一六六六年八月六日(金曜日)、ドノー・ド・ヴィゼ(Donneau de Visé)の『お色気たっぷりの母親』(La Mère coquette)とともに、モリエール一座の本拠たるパレー・ロワイヤル劇場で脚光をあびている。その後も、『いやいやながら医者にされ』は、『お色気たっぷりの母親』や『うるさがた』(Les Fâcheux)(モリエール作、一六六一)とともに、しばしば再演され、九月三日になってはじめて、『ル・ミザントロープ』と同時に上演される運びとなった。ラ・グランジュの帳簿によれば、『ル・ミザントロープ』はこれまですでに二十一回も単独で公演がおこなわれており、『医者』が『ル・ミザントロープ』を「支える」ために書かれたというグリマレの記述は根拠が薄くなってくる(「支える」のが目的だったら、作品ができあがった直後と思われる八月六日に、『お色気たっぷりの母親』との併演でなく、『ル・ミザントロープ』の添えものとして出すのが常識だからである)。

『いやいやながら医者にされ』は、中世のファブリオー(諷刺的な小説)に材をとったファルスであり、ファルスとはもともと民衆の日常生活を滑稽なタッチでえがいた一幕ものの芝居であった。

『医者』はそのような題材を次第に練りあげ、豊かにし、三幕の形にまとめあげた作品であった。上演時間一時間足らずのこの芝居が、単独で脚光をあびることはごく稀れであり、したがってこの作品がモリエール一座にどの程度の興行収入をもたらしたか、正確には知るよしもないが、初演以来なかなかの好評であったことは、同時代人のロビネ(Robinet)やスュブリニー(Subligny)らの証言によって、明らかに察知することができる。一六六六年八月二十六日付の、スュブリニーの『ラ・ミューズ・ドーフィーヌ』(La Muse Dauphine)には、つぎのような記述が見られる。

「……『力ずくで医者にされ』(Le Médecin par force)は、すばらしい傑作で、誰だってつい見たくなってしまいます。世の中にこれほど面白く、人を笑わせる作品はありますまい。いま、こうしてペンをとっていても、思わずおかしくなってきて、笑いがこみあげてきます。モリエールは、これをほんのくだらぬおなぐさみ、と呼んでいますが、そのおなぐさみには、機智が満ちあふれており、この作品にたいする尊敬の念は、いまや疫病のようになって、パリじゅうの人びとが『医者』見に駆けつけている、と申しあげねばなりません」。

さきにも述べたように、上演時間わずか一時間そこそこの芝居は、単独ではめったに脚光をあびることはなく、『ル・ミザントロープ』その他の作品の添えものとして舞台にかけられているが、初演の一六六六年から、モリエールの死ぬ一六七三年までに五十九回、それ以後ルイ十四世の死去した一七一五年までに、二百八十二回の上演記録を残している。小品ながら、まずは大ヒット作と言わねばなるまい。

すでにお気づきのかたもあるだろうが、スュブリニーの『ラ・ミューズ・ドーフィーヌ』は、モリエールの問題の作品を『力ずくで医者にされ』と呼んでいる。

ラ・グランジュの帳簿には、一六六六年八月六日の日付で、『いやいやながら医者にされ』が初演された、とある。『力ずくで医者にされ』も、『いやいやながら医者にされ』も、のちにあげるような理由から、同一作品と推定されるが、これがはたしてモリエールの新作であったかどうかについては、若干の疑義がないでもない。

ラ・グランジュの帳簿によれば、『女房を寝取られたと思いこんでいる男《ル・コキュ・イマジネール》』(Le Cocu imaginaire)(モリエールの作品、またの名『スガナレル』(Sganarelle))一六六一年十月十四日と同時に、『薪《まき》つくり』(Le Fagotier)なる作品が上演されている。同じ帳簿には、一六六三年四月二十日の日付で、『うるさがた』と一篇のファルスが舞台にかけられた、という記録が見られる。一篇のファルスだけでは、内容はまったく不明であるが、モリエール一座にあって、ラ・グランジュほど精密ではないにしても、モリエール研究家にとってやはり貴重な資料である帳簿を残したラ・トリリエールによると、同じ日にファルス『薪つくり』(Le Fagoteux)が上演された、とある。Le Fagotier と Le Fagoteux とは、モリエールの同じ作品をさすもの、とリットレ大辞典は明記しており、さらにまた、この解説の冒頭に引用したグリマレの記述によれば、『(いやいやながら)医者(にされ)』と『薪つくり』(Le Fagotier)とが、あたかも同一作品のごとく扱われている点が、われわれの注目をひく。

薪つくりの百姓が、女房の策略によって、棍棒でなぐられ、むりやり医者にされてしまうという筋は、べつにモリエールの創意によるものでなく、中世フランスのファブリオー(諷刺的な小話)にまで、そのみなもとをたどることができる。モリエール劇の粉本となった『村の医者』(Le Vilain Mire)のあら筋は、つぎのとおりである。

貧乏貴族の娘をもらった百姓の某は、女房に浮気されるのが心配で、なにかにつけてぶったり蹴ったりする。かわいそうな女房は、日がな一日メソメソと泣くばかり。そこへ王様の使いがやってきて、このへんに名医はいないか、とたずねる。かねて亭主に仕返しする機会をねらっていた女房は、

「うちの亭主は腕ききの名医だが、ぶんなぐらないかぎり、ほんとうのことを白状しない」と答える。

さんざんなぐられたあげく、むりやり医者に仕立てられた百姓は、魚の骨を飲みこんで苦しんでいる王女さまを助け、たくさんのごほうびをいただいて村に帰ってくる……

ファブリオーと呼ばれる民間伝承の文学は、十七世紀に入ってからも数多く残っていたが、印刷には付せられず、素朴な戯曲の形で保存されていた。南仏巡業時代のモリエールは、そのような戯曲が上演されるのを見たかもしれないし、すくなくとも筋書くらいは読んだのではあるまいか。一六五八年、パリに帰還するまでに、モリエールは現存する二篇のファルス『バルブイエの嫉妬』(La Jalousie du Barbouillé)と『飛び医者』(Le Médecin Volant)のほか、いくつかの短い芝居(おそらくイタリヤ喜劇における筋書程度のものであったであろう)を書いている。『村の医者』もそのひとつであり、「モリエールが最後の手を入れないままに放置した」(グリマレ)初期の習作ではあるまいか。

『飛び医者』は、『いやいやながら医者にされ』と酷似した部分もあるけれども、これはこれでいちおう完成した作品であり、『薪つくり』よりは古い時期に書かれた関係もあり、『いやいやながら医者にされ』の決定稿ができるまでの過程を図式的に示せば、次のようになるものと想像される。

中世のファブリオー ／ 『村の医者』(南仏巡業中、一六五五―五七?) ＼ 『いやいやながら医者にされ』
『薪つくり』(一六六〇?)

『飛び医者』と『いやいやながら医者にされ』との類似点や相違点については、これ以上くわしく触れるのは避けたいと思うが、後者が完成して舞台にかけられて以後、前者はモリエール一座のレパートリーから除外されたことを附記しておく。『いやいやながら医者にされ』を『力ずくで医者にされ』と呼んでいる例は、さきに述べたスュブリニーのほか、ラ・トリリエールの帳簿にも見られ、説教師のボッスュエは、モリエールが死んで以後も『力ずくで医者にされ』の作者に、手きびしい非難を浴びせかけている。呼び名こそ異なれ、これが同じ作品であることは、ほとんど疑う余地はない。

モリエールと医者

モリエールは初期のファルス『飛び医者』から、最後の作品『気で病む男』(『病は気から』)にいたるまで、折あるごとに医者を愚弄し揶揄しつづけてきた。その理由としては、つぎの三つが考えられる。

一、医者を槍玉にあげることは、中世のファブリオーやコント、あるいはファルスなどのしきたりであったこと。

二、医者が病気や病人を治すことをないがしろにし、アリストテレス、ヒポクラテス、ガリエヌス等、古代の学者や賢人をたてにとり、愚民をたぶらかそうとした権威主義にたいする批判。
三、持病の呼吸器疾患を医《いや》すことのできなかった医者および医学にたいする作者個人の怒りと不満。
後期の作品はさておき、初期から中期の作品においては、一と二の点を重視すべきであろう。

諸外国における翻案および翻訳

さきにも述べたように『いやいやながら医者にされ』は、初演以来、多くの観客から好評をもって迎えられた。フランス国内で何度も再演されたばかりでなく、諸外国でも盛んに翻案もしくは翻訳されて、現在にいたるまでくり返し上演されつづけてきた。

イギリスでは、ドリュリー・レインの女優スザンナ・サントリーヴァによって翻案『恋のかけひき』(Love's Contrivance)が上演され、一七〇三年に出版されている。一七三二年には、『トム・ジョウンズ』の作者フィールディングの手で、より忠実な翻訳『いんちき医者』(The Mock Doctor)がおこなわれ、同じくドリュリー・レイン劇場の脚光をあびた。

さらにまた、デンマークの作家ホルベルグの手に成る翻案のほか、スウェーデン、ロシヤ、ポーランド、チェッコ・スロヴァキヤ、オランダ、アルメニヤ、トルコ、マジャールの諸国語や、古代ギリシャ語、近代ギリシャ語等に移されているし、一八五八年には、シャルル・グノー作曲の同名のオペラが、パリジヤンたちの拍手喝采をあびている。歌詞はモリエールのせりふを、ほぼ忠実にとり入れたものといわれる。

わが国でいちばん古い翻案は、わたくしの知るかぎり尾崎紅葉の『恋の病』(一九〇三、明治三十六年五月)であり、翌三十七年、博文館から刊行されている。以下、すこし長くなるが、第二幕第四景の有名な診察の場の一部(本文五〇頁一三行目――五三頁一六行目)を引用して、読者のご参考に供したいと思う。

鶴屋亀右衛門（ジェロント）　先生様《せんせいさま》、これは何《どう》いふもので瘖になりましたのでございませうか。

木樵七兵衛（スガナレル）　其《それ》は畢竟口《ひつきやうくち》をきくことが出来《でき》んからじやてな。

亀　へゝゝゝそれは解《わか》つてをりますが、其口《そのくち》のきけなくなりましたのは。

七　それは畢竟口中《ひつきやうこうちう》に邪気《じやき》が停滞《ていたい》して、舌《した》の筋《すぢ》が釣《つ》れるところからな。

亀　へい／＼成程《なるほど》、それで其舌《そのした》の筋《すぢ》の釣《つ》れますするのは何《どう》いふ理由《わけ》でございませうか。

七　それは其《その》、その其《それ》は、舌《した》といふものは一体口中《たいこうちう》に在《あ》つて、咽喉《のど》の入口《いりぐち》に蝶番《てふつがひ》の仕掛《しかけ》で附《つ》いてをるものじやに由《よつ》て、動《いご》くわけになつてをるじやて。

亀　へい／＼御尤様《ごもつともさま》で。

七　之《これ》を動《いご》かすものは筋《すぢ》じやてな。話転《はなしかは》つて、凡《およ》そ人間《にんげん》の腹中《ふくちう》には、五臓《ざう》六腑《ぶ》といつて、其数《そのかず》十一の臓腑《ざうふ》がある。之《これ》は塩辛《しほから》にしても一向《かう》食《く》へんものとしてある。胃袋《ゐぶくろ》、胆《きも》、百尋《ひやくひろ》、或《また》は腎《じん》な、肝《かん》、肺《はい》などは人《ひと》の能《よ》く知《し》つてをる臓腑《ざうふ》じやて。で、此《この》五臓《ざう》六腑《ぶ》には各《おの／＼》筋《すぢ》があつて、其筋《そのすぢ》が皆舌《みなした》の根《ね》の処《ところ》に来《き》てをる。じやに由《よつ》て、舌《した》の動《いご》くのは畢竟此筋《ひつきやうこのすぢ》の動《いご》くので、筋《すぢ》の動《いご》くのは、弛《の》びたり

張《ちぢ》むだ《（ママ）》りするわけの仕掛《しかけ》で、其又筋《そのまたすぢ》の動《いご》くのは、人間《にんげん》が今日活《こんにちい》きてをるから
であると、医書《いしよ》にもあることじやてな。
へい〳〵。深《ふか》く窮理《きうり》をいし《（ママ）》たものでございますな。
七　亀　深《ふか》く窮理《きうり》をしたものじやて。扨右《さてみぎ》の筋《すぢ》なるものが動《いご》くのは、専《もつぱ》ら五臓《ざう》六腑《ぷ》が此腹中《このふくちう》にて活動《くわつどう》してをるが故《ゆゑ》なりで、其《その》五臓《ざう》六腑《ぷ》の舌《した》を繋《つな》ぐところの十一本《ぽん》の筋《すぢ》といふものは、皆《みな》一処《しよ》に弛《の》びたり張《ちぢ》むだりするで、自然舌《しぜんした》の動活《くわつどう》（ママ）といふものが自由自在《じいうじざい》なので、舌《した》が自由《じいう》に働《はたら》くから、語《もの》も自由《じいう》にいへるといふ、まづ之《これ》が理窟《りくつ》じやて。此《この》十一本《ぽん》の筋《すぢ》が一本《ぽん》でも調子《てうし》が狂《くる》ったら、どんなものであらうかな。近《ちか》い喩《たとへ》が彼紙鳶《あのいか》じやて、一本《ぽん》でも糸目《いとめ》が曲《まが》っておったら、決《け》して揚《あ》がる理合《りあひ》のもので無《な》い。

明治四十一年（一九〇八）には、金尾文淵堂から、草野柴二訳の、日本で最初のモリエール全集が刊行されている。全集とは銘打ってあるけれども、モリエールの主な作品（『ル・ミザントロープ』をのぞく）十五篇を収めたものにすぎない。英訳からの重訳であることは、その序文によっても明らかであるが、これも翻訳というよ

りは翻案に近く、作品名や登場人物名の大部分は日本ふうに書き改められている(たとえば、『町人貴族』は『染直大名縞《そめなおしだいみょうじま》』、スガナレルは倉吉といったように)。『いやいやながら医者にされ』は、『押付医者』という訳名で、この「全集」に収録されている。

原典からの直接訳で、いちばん古いと思われるのは、川島順平氏訳『心ならずも医者にされ』であり、これは昭和九年(一九三四)に中央公論社から刊行された三巻の全集の第一巻に収められている。

わが国では、『心ならずも医者にされ』という題名のほか、『俄《にわ》か医者』その他の呼び名も用いられてきたようである。拙訳においては、原題にもっとも忠実な川島訳を踏襲しようかとも考えたが、心ならずもという文語的表現が、いまの若い読者に素直に受け入れられるかどうか、いささか不安であったので、『いやいやながら医者にされ』という邦訳題名をつけることにした。

方言処理その他の問題について

スガナレルは、若いころ六年間医者の家に奉公したことのあるきこりであり、かれとその妻は、パリの郊外に住んでいるけれども、モリエールはこの二人に標準語、もしくはそれに近い言葉をしゃべらせている。

一方、リュカとジャックリーヌはイール・ド・フランス地方の方言を用いているが、これは当時パリ周辺でひろくおこなわれていたもので、いわゆる関東べえに近い言葉である。訳者がそのような方言を十分にわきまえていないため、原文の面白さを十分に生かせなかったのを心残りに思っている。

スガナレルのあやつる怪しげなラテン語は、とりあえず発音をそのままカナに移し、必要と思われる注を附したが、日本で上演する場合には、カルテとか、プルスとか、ハイレンとか、然るべき医学用語をまじえつつ、擬似ドイツ語をつくったほうが喜劇的な効果を増すのではあるまいか。

この翻訳のテキストとしては、アシェット社のフランス大作家叢書(Les Grands Ecrivains de la France)を用い、プレイヤッド版(Bibliothèque de la Pléiade)その他の近代版を参照した。

一九六一年十一月二十一日

〔編集付記〕

本文中、差別的ととられかねない表現がみられるが、作品の歴史性に鑑み、原文通りとした。

いやいやながら医者《いしゃ》にされ　モリエール作

1962年1月16日　第1刷発行
2008年12月4日　第32刷改版発行
2022年1月14日　第33刷発行

訳　者　鈴木力衛《すずきりきえ》

発行者　坂本政謙

発行所　株式会社 岩波書店
〒101-8002 東京都千代田区一ツ橋 2-5-5

案内 03-5210-4000　営業部 03-5210-4111
文庫編集部 03-5210-4051
https://www.iwanami.co.jp/

印刷・理想社　カバー・精興社　製本・中永製本

ISBN 4-00-325125-3　　Printed in Japan

読書子に寄す

——岩波文庫発刊に際して——

岩波茂雄

真理は万人によって求められることを自ら欲し、芸術は万人によって愛されることを自ら望む。かつては民を愚昧ならしめるために学芸が最も狭き堂宇に閉鎖されたことがあった。今や知識と美とを特権階級の独占より奪い返すことはつねに進取的なる民衆の切実なる要求である。岩波文庫はこの要求に応じそれに励まされて生まれた。それは生命ある不朽の書を少数者の書斎と研究室とより解放して街頭にくまなく立たしめ民衆に伍せしめるであろう。近時大量生産予約出版の流行を見る。その広告宣伝の狂態はしばらくおくも、後代にのこすと誇称する全集がその編集に万全の用意をなしたるか。千古の典籍の翻訳企図に敬虔の態度を欠かざりしか。さらに分売を許さず読者を繋縛して数十冊を強うるがごとき、はたしてその揚言する学芸解放のゆえんなりや。吾人は天下の名士の声に和してこれを推挙するに躊躇するものである。このときにあたって、岩波書店は自己の責務のいよいよ重大なるを思い、従来の方針の徹底を期するため、すでに十数年以前より志して来た計画を慎重審議この際断然実行することにした。吾人は範をかのレクラム文庫にとり、古今東西にわたって文芸・哲学・社会科学・自然科学等種類のいかんを問わず、いやしくも万人の必読すべき真に古典的価値ある書をきわめて簡易なる形式において逐次刊行し、あらゆる人間に須要なる生活向上の資料、生活批判の原理を提供せんと欲する。この文庫は予約出版の方法を排したるがゆえに、読者は自己の欲する時に自己の欲する書物を各個に自由に選択することができる。携帯に便にして価格の低きを最主とするがゆえに、外観を顧みざるも内容に至っては厳選最も力を尽くし、従来の岩波出版物の特色をますます発揮せしめようとする。この計画たるや世間の一時の投機的なるものと異なり、永遠の事業として吾人は微力を傾倒し、あらゆる犠牲を忍んで今後永久に継続発展せしめ、もって文庫の使命を遺憾なく果たさしめることを期する。芸術を愛し知識を求むる士の自ら進んでこの挙に参加し、希望と忠言とを寄せられることは吾人の熱望するところである。その性質上経済的には最も困難多きこの事業にあえて当たらんとする吾人の志を諒として、その達成のため世の読書子とのうるわしき共同を期待する。

昭和二年七月

《ドイツ文学》〔赤〕

ニーベルンゲンの歌 全二冊　相良守峯訳
若きウェルテルの悩み　ゲーテ　竹山道雄訳
ヴィルヘルム・マイスターの修業時代 全三冊　ゲーテ　山崎章甫訳
イタリア紀行 全三冊　ゲーテ　相良守峯訳
ファウスト 全二冊　ゲーテ　相良守峯訳
ゲーテとの対話 全三冊　エッカーマン　山下肇訳
スペインの太子 ドン・カルロス　シルレル　佐藤通次訳
改訳 オルレアンの少女　シルレル　佐藤通次訳
ヒュペーリオン ―希臘の世捨人　ヘルダーリン　渡辺格司訳
青い花　ノヴァーリス　青山隆夫訳
夜の讃歌・サイスの弟子たち 他一篇　ノヴァーリス　今泉文子訳
完訳 グリム童話集 全五冊　金田鬼一訳
黄金の壺　ホフマン　神品芳夫訳
ホフマン短篇集　池内紀編訳
O侯爵夫人 他六篇　クライスト　相良守峯訳
影をなくした男　シャミッソー　池内紀訳

流刑の神々・精霊物語　ハイネ　小沢俊夫訳
冬物語 ―ドイツ　ハイネ　井汲越次訳
芸術と革命 他四篇　ワーグナー　北村義男訳
ブリギッタ・森の泉 他一篇　シュティフター　宇多五郎 高安国世訳
みずうみ 他四篇　シュトルム　関泰祐訳
村のロメオとユリア　ケラー　草間平作訳
沈鐘　ハウプトマン　阿部六郎訳
地霊・パンドラの箱 ―ルル二部作　F・ヴェデキント　岩淵達治訳
春のめざめ　F・ヴェデキント　酒寄進一訳
ゲオルゲ詩集　手塚富雄訳
花・死人に口なし 他七篇　シュニッツラー　番匠谷英一 山本有三訳
リルケ詩集　高安国世訳
ドゥイノの悲歌　リルケ　手塚富雄訳
ブッデンブローク家の人びと 全三冊　トーマス・マン　望月市恵訳
トオマス・マン短篇集　実吉捷郎訳
魔の山 全二冊　トーマス・マン　関泰祐 望月市恵訳
トニオ・クレエゲル　トオマス・マン　実吉捷郎訳

ヴェニスに死す　トオマス・マン　実吉捷郎訳
車輪の下　ヘルマン・ヘッセ　実吉捷郎訳
青春はうるわし 他三篇　ヘッセ　関泰祐訳
漂泊の魂 ―クヌルプ　ヘルマン・ヘッセ　相良守峯訳
デミアン　ヘルマン・ヘッセ　実吉捷郎訳
シッダルタ　ヘッセ　手塚富雄訳
ルーマニア日記　カロッサ　高橋健二訳
若き日の変転　カロッサ　斎藤栄治訳
幼年時代　カロッサ　斎藤栄治訳
指導と信従　カロッサ　国松孝二訳
ジョゼフ・フーシェ ―ある政治的人間の肖像　シュテファン・ツワイク　高橋禎二 秋山英夫訳
変身・断食芸人　カフカ　山下肇 山下萬里訳
審判　カフカ　辻瑆訳
カフカ短篇集　池内紀編訳
カフカ寓話集　池内紀編訳
三文オペラ　ブレヒト　岩淵達治訳
肝っ玉おっ母とその子どもたち　ブレヒト　岩淵達治訳

- ドイツ炉辺ばなし集 —カレンダーゲシヒテン　ヘーベル　木下康光編訳
- 悪童物語　ルウドキヒ・トオマ　実吉捷郎訳
- ウィーン世紀末文学選　池内紀編訳
- ティル・オイレンシュピーゲルの愉快ないたずら　阿部謹也訳
- 大理石像・デュランデ城悲歌　アイヒェンドルフ　関泰祐訳
- チャンドス卿の手紙 他十篇　ホフマンスタール　檜山哲彦訳
- ホフマンスタール詩集　川村二郎訳
- インド紀行 全二冊　ボンゼルス　実吉捷郎訳
- ドイツ名詩選　生野幸吉・檜山哲彦編
- 蝶の生活　シュナック　岡田朝雄訳
- 聖なる酔っぱらいの伝説 他四篇　ヨーゼフ・ロート　池内紀訳
- ラデツキー行進曲 全二冊　ヨーゼフ・ロート　平田達治訳
- 暴力批判論 他十篇 —ベンヤミンの仕事1　ベンヤミン　野村修編訳
- ボードレール 他五篇 —ベンヤミンの仕事2　ベンヤミン　野村修編訳
- パサージュ論 全五冊　ヴァルター・ベンヤミン　今村仁司・三島憲一・大貫敦子・高橋順一・塚原史・細見和之・村岡晋一・山本尤・横張誠・與謝野文子・吉村和明訳
- ジャクリーヌと日本人　ヤーコブ　相良守峯訳
- 人生処方詩集　エーリヒ・ケストナー　小松太郎訳

- 第七の十字架 全二冊　アンナ・ゼーガース　山下肇・新村浩訳

《フランス文学》〔赤〕

- ロランの歌　有永弘人訳
- ラブレー第一之書 ガルガンチュワ物語　渡辺一夫訳
- ラブレー第二之書 パンタグリュエル物語　渡辺一夫訳
- ラブレー第三之書 パンタグリュエル物語　渡辺一夫訳
- ラブレー第四之書 パンタグリュエル物語　渡辺一夫訳
- ラブレー第五之書 パンタグリュエル物語　渡辺一夫訳
- ピエール・パトラン先生　渡辺一夫訳
- 日月両世界旅行記　シラノ・ド・ベルジュラック　赤木昭三訳
- ロンサール詩集　ロンサール　井上究一郎訳
- エセー 全六冊　モンテーニュ　原二郎訳
- ラ・ロシュフコー箴言集　二宮フサ訳
- ブリタニキュス ベレニス　ラシーヌ　渡辺守章訳
- ドン・ジュアン —石像の宴　モリエール　鈴木力衛訳
- 完訳 ペロー童話集　新倉朗子訳
- カンディード 他五篇　ヴォルテール　植田祐次訳

- 哲学書簡　ヴォルテール　林達夫訳
- ルイ十四世の世紀 全四冊　ヴォルテール　丸山熊雄訳
- フィガロの結婚　ボオマルシェエ　辰野隆訳
- 美味礼讃 全二冊　ブリアーサヴァラン　関根秀雄・戸部松実訳
- アドルフ　コンスタン　大塚幸男訳
- 近代人の自由と古代人の自由・征服の精神と簒奪 他一篇　コンスタン　堤林剣・堤林恵訳
- 恋愛論 全二冊　スタンダール　杉本圭子訳
- 赤と黒 全二冊　スタンダール　桑原武夫・生島遼一訳
- ゴプセック・毬打つ猫の店　バルザック　芳川泰久訳
- 艶笑滑稽譚 全三冊　バルザック　石井晴一訳
- レ・ミゼラブル 全四冊　ユーゴー　豊島与志雄訳
- 死刑囚最後の日　ユーゴー　豊島与志雄訳
- ライン河幻想紀行　ユーゴー　榊原晃三編訳
- ノートル＝ダム・ド・パリ 全二冊　ユーゴー　辻昶・松下和則訳
- モンテ・クリスト伯 全七冊　アレクサンドル・デュマ　山内義雄訳
- 三銃士 全二冊　デュマ　生島遼一訳
- エトルリヤの壺 他五篇　メリメ　杉捷夫訳

カルメン　メリメ　杉　捷夫訳
愛の妖精（プチット・ファデット）　ジョルジュ・サンド　宮崎嶺雄訳
ボヴァリー夫人　全二冊　フローベール　伊吹武彦訳
感情教育　全二冊　フローベール　生島遼一訳
紋切型辞典　フローベール　小倉孝誠訳
サラムボー　全二冊　フローベール　中條屋進訳
未来のイヴ　全二冊　ヴィリエ・ド・リラダン　渡辺一夫訳
風車小屋だより　ドーデー　桜田　佐訳
月曜物語　ドーデー　桜田　佐訳
パリ風俗　サフォ　ドーデー　朝倉季雄訳
プチ・ショーズ　―ある少年の物語　ドーデー　原　千代海訳
少年少女　アナトール・フランス　三好達治訳
神々は渇く　アナトール・フランス　大塚幸男訳
テレーズ・ラカン　全二冊　エミール・ゾラ　小林　正訳
ジェルミナール　全三冊　エミール・ゾラ　安士正夫訳
獣人　全二冊　エミール・ゾラ　川口　篤訳
制作　全二冊　エミール・ゾラ　清水正和訳

水車小屋攻撃　他七篇　エミール・ゾラ　朝比奈弘治訳
氷島の漁夫　ピエール・ロチ　吉氷　清訳
マラルメ詩集　渡辺守章訳
脂肪のかたまり　モーパッサン　高山鉄男訳
メゾンテリエ　他三篇　モーパッサン　河盛好蔵訳
モーパッサン短篇選　高山鉄男編訳
わたしたちの心　モーパッサン　笠間直穂子訳
地獄の季節　ランボオ　小林秀雄訳
対訳　ランボー詩集　―フランス詩人選(1)　中地義和編
にんじん　ルナアル　岸田国士訳
ぶどう畑のぶどう作り　ルナアル　岸田国士訳
博物誌　ルナール　辻　昶訳
ジャン・クリストフ　全四冊　ロマン・ローラン　豊島与志雄訳
トルストイの生涯　ロマン・ロラン　蛯原徳夫訳
ベートーヴェンの生涯　ロマン・ロラン　片山敏彦訳
ミケランジェロの生涯　ロマン・ロラン　高田博厚訳
フランシス・ジャム詩集　手塚伸一訳

三人の乙女たち　フランシス・ジャム　手塚伸一訳
背徳者　アンドレ・ジイド　川口　篤訳
法王庁の抜け穴　アンドレ・ジイド　石川　淳訳
精神の危機　他十五篇　ポール・ヴァレリー　恒川邦夫訳
若き日の手紙　フィリップ　外山楢夫訳
朝のコント　フィリップ　淀野隆三訳
シラノ・ド・ベルジュラック　ロスタン　辰野　隆・鈴木信太郎訳
地底旅行　ジュール・ヴェルヌ　朝比奈弘治訳
八十日間世界一周　ジュール・ヴェルヌ　鈴木啓二訳
海底二万里　全二冊　ジュール・ヴェルヌ　朝比奈美知子訳
結婚十五の歓び　新倉俊一訳
死霊の恋・ポンペイ夜話　他三篇　ゴーチエ　田辺貞之助訳
火の娘たち　ネルヴァル　野崎　歓訳
パリの夜　―革命下の民衆　レチフ・ド・ラ・ブルトンヌ　植田祐次編訳
牝猫（めすねこ）　コレット　工藤庸子訳
シェリ　コレット　工藤庸子訳
シェリの最後　コレット　工藤庸子訳

- 生きている過去　レニエ　窪田般彌訳
- ノディエ幻想短篇集　ノディエ　篠田知和基編訳
- フランス短篇傑作選　山田稔編訳
- シュルレアリスム宣言・溶ける魚　アンドレ・ブルトン　巖谷國士訳
- ナジャ　アンドレ・ブルトン　巖谷國士訳
- 不遇なる一天才の手記　ヴォーヴナルグ　関根秀雄訳
- ジェルミニィ・ラセルトゥウ　ゴンクウル兄弟　大西克和訳
- ジュスチーヌまたは美徳の不幸　サド　植田祐次訳
- とどめの一撃　ユルスナール　岩崎力訳
- フランス名詩選　安藤元雄・入沢康夫・渋沢孝輔編
- 繻子の靴　全二冊　ポール・クローデル　渡辺守章訳
- A・O・バルナブース全集　全二冊　ヴァレリー・ラルボー　岩崎力訳
- 悪魔祓い　ル・クレジオ　高山鉄男訳
- 楽しみと日々　プルースト　岩崎力訳
- 失われた時を求めて　全十四冊　プルースト　吉川一義訳
- 子ども　全二冊　ジュール・ヴァレス　朝比奈弘治訳
- シルトの岸辺　ジュリアン・グラック　安藤元雄訳

- 星の王子さま　サン＝テグジュペリ　内藤濯訳
- プレヴェール詩集　小笠原豊樹訳

《イギリス文学》〔赤〕

ユートピア　トマス・モア　平井正穂訳
完訳カンタベリー物語　全三冊　チョーサー　桝井迪夫訳
ヴェニスの商人　シェイクスピア　中野好夫訳
十二夜　シェイクスピア　小津次郎訳
ハムレット　シェイクスピア　野島秀勝訳
オセロウ　シェイクスピア　菅泰男訳
リア王　シェイクスピア　野島秀勝訳
マクベス　シェイクスピア　木下順二訳
ソネット集　シェイクスピア　高松雄一訳
ロミオとジューリエット　シェイクスピア　平井正穂訳
リチャード三世　シェイクスピア　木下順二訳
対訳シェイクスピア詩集　―イギリス詩人選(1)　柴田稔彦編
から騒ぎ　シェイクスピア　喜志哲雄訳
言論・出版の自由　他一篇　―アレオパジティカ　ミルトン　原田純訳
失楽園　全二冊　ミルトン　平井正穂訳
ロビンソン・クルーソー　全二冊　デフォー　平井正穂訳

奴婢訓　他一篇　スウィフト　深町弘三訳
ガリヴァー旅行記　スウィフト　平井正穂訳
ジョウゼフ・アンドルーズ　全二冊　フィールディング　朱牟田夏雄訳
トリストラム・シャンディ　全三冊　ロレンス・スターン　朱牟田夏雄訳
ウェイクフィールドの牧師　―むだばなし　ゴールドスミス　小野寺健訳
幸福の探求　―アビシニアの王子ラセラスの物語　サミュエル・ジョンソン　朱牟田夏雄訳
マンフレッド　バイロン　小川和夫訳
対訳ブレイク詩集　―イギリス詩人選(4)　松島正一編
対訳ワーズワス詩集　―イギリス詩人選(3)　山内久明編
湖の麗人　スコット　入江直祐訳
キプリング短篇集　橋本槙矩編訳
対訳コウルリッジ詩集　―イギリス詩人選(7)　上島建吉編
高慢と偏見　全二冊　ジェーン・オースティン　富田彬訳
ジェイン・オースティンの手紙　新井潤美編訳
対訳テニスン詩集　―イギリス詩人選(5)　西前美巳編
虚栄の市　全四冊　サッカリー　中島賢二訳
床屋コックスの日記・馬丁粋語録　サッカレ　平井呈一訳

デイヴィッド・コパフィールド　全五冊　ディケンズ　石塚裕子訳
炉辺のこほろぎ　ディケンズ　本多顕彰訳
ボズのスケッチ　短篇小説篇　全二冊　ディケンズ　藤岡啓介訳
アメリカ紀行　全二冊　ディケンズ　伊藤弘之・下笠徳次・隈元貞広訳
イタリアのおもかげ　ディケンズ　伊藤弘之・下笠徳次・隈元貞広訳
大いなる遺産　全二冊　ディケンズ　石塚裕子訳
荒涼館　全四冊　ディケンズ　佐々木徹訳
鎖を解かれたプロメテウス　シェリー　石川重俊訳
ジェイン・エア　全二冊　シャーロット・ブロンテ　河島弘美訳
嵐が丘　全二冊　エミリー・ブロンテ　河島弘美訳
アルプス登攀記　全二冊　ウィンパー　浦松佐美太郎訳
アンデス登攀記　全二冊　ウィンパー　大貫良夫訳
ハーディ テス　全二冊　井上宗次・石田英二訳
緑の木蔭　和蘭派田園画　トマス・ハーディ　阿部知二訳
緑の館　―熱帯林のロマンス　ハドソン　柏倉俊三訳
ジーキル博士とハイド氏　スティーヴンスン　海保眞夫訳
新アラビヤ夜話　スティーヴンスン　佐藤緑葉訳

南海千一夜物語　スティーヴンスン　中村徳三郎訳
若い人々のために 他十一篇　スティーヴンスン　岩田良吉訳
マーカイム・壜の小鬼 他五篇　スティーヴンソン　高松雄一・高松禎子訳
怪談 —不思議なことの物語と研究　ラフカディオ・ハーン　平井呈一訳
心 —日本の内面生活の暗示と影響　ラフカディオ・ハーン　平井呈一訳
ドリアン・グレイの肖像　オスカー・ワイルド　富士川義之訳
サロメ　ワイルド　福田恆存訳
嘘から出た誠　ワイルド　岸本一郎訳
童話集 幸福な王子 他八篇　オスカー・ワイルド　富士川義之訳
人と超人　バーナド・ショー　市川又彦訳
分らぬもんですよ　バァナード・ショウ　市川又彦訳
ヘンリ・ライクロフトの私記　ギッシング　平井正穂訳
南イタリア周遊記　ギッシング　小池滋訳
闇の奥　コンラッド　中野好夫訳
密偵　コンラッド　土岐恒二訳
コンラッド短篇集　中島賢二編訳
対訳 イェイツ詩集　高松雄一編

月と六ペンス　モーム　行方昭夫訳
人間の絆 全三冊　モーム　行方昭夫訳
サミング・アップ　モーム　行方昭夫訳
モーム短篇選 全二冊　行方昭夫編訳
アシェンデン —英国情報部員のファイル　モーム　中島賢二・岡田久雄訳
お菓子とビール　モーム　行方昭夫訳
ダブリンの市民　ジョイス　結城英雄訳
荒地　T・S・エリオット　岩崎宗治訳
悪口学校　シェリダン　菅泰男訳
オーウェル評論集　小野寺健編訳
パリ・ロンドン放浪記　ジョージ・オーウェル　小野寺健訳
カタロニア讃歌　ジョージ・オーウェル　都築忠七訳
動物農場 —おとぎばなし　ジョージ・オーウェル　川端康雄訳
対訳 キーツ詩集 —イギリス詩人選(10)　宮崎雄行編
キーツ詩集　中村健二訳
阿片常用者の告白　ド・クインシー　野島秀勝訳
20世紀イギリス短篇選 全二冊　小野寺健編訳

オルノーコ 美しい浮気女　アフラ・ベイン　土井治訳
イギリス名詩選　平井正穂編
タイム・マシン 他九篇　H・G・ウエルズ　橋本槇矩訳
解放された世界　H・G・ウェルズ　浜野輝訳
大転落　イヴリン・ウオー　富山太佳夫訳
回想のブライズヘッド 全二冊　イーヴリン・ウォー　小野寺健訳
愛されたもの　イーヴリン・ウォー　中村健二・出淵博訳
フォースター評論集　小野寺健編訳
白衣の女 全三冊　ウィルキー・コリンズ　中島賢二訳
対訳 ブラウニング詩集 —イギリス詩人選(6)　富士川義之編
灯台へ　ヴァージニア・ウルフ　御輿哲也訳
船出 全二冊　ヴァージニア・ウルフ　川西進訳
アーネスト・ダウスン作品集　南條竹則編訳
ヘリック詩鈔　森亮訳
フランク・オコナー短篇集　阿部公彦訳
たいした問題じゃないが —イギリス・コラム傑作選　行方昭夫編訳
英国ルネサンス恋愛ソネット集　岩崎宗治編訳

文学とは何か
—現代批評理論への招待 全二冊
テリー・イーグルトン
大橋洋一訳

D・G・ロセッティ作品集
南條竹則
松村伸一編訳

真夜中の子供たち 全二冊
サルマン・ラシュディ
寺門泰彦訳

《アメリカ文学》〔赤〕

- ギリシア・ローマ神話 付インド・北欧神話 — ブルフィンチ 野上弥生子訳
- 中世騎士物語 — ブルフィンチ 野上弥生子訳
- フランクリン自伝 — 松本慎一 西川正身訳
- フランクリンの手紙 — 蕗沢忠枝編訳
- スケッチ・ブック 全二冊 — アーヴィング 齊藤昇訳
- アルハンブラ物語 全二冊 — アーヴィング 平沼孝之訳
- ウォルター・スコット邸訪問記 — アーヴィング 齊藤昇訳
- エマソン論文集 全二冊 — 酒本雅之訳
- 完訳 緋文字 — ホーソーン 八木敏雄訳
- 哀詩 エヴァンジェリン — ロングフェロー 斎藤悦子訳
- 黒猫・モルグ街の殺人事件 他五篇 — ポオ 中野好夫訳
- 対訳 ポー詩集 —アメリカ詩人選(1) — 加島祥造編
- ユリイカ — ポオ 八木敏雄訳
- ポオ評論集 — 八木敏雄編訳
- 森の生活 (ウォールデン) 全二冊 — ソロー 飯田実訳
- 市民の反抗 他五篇 — H・D・ソロー 飯田実訳
- 白鯨 全三冊 — メルヴィル 八木敏雄訳
- ビリー・バッド — メルヴィル 坂下昇訳
- ホイットマン自選日記 全二冊 — 杉木喬訳
- 対訳 ホイットマン詩集 —アメリカ詩人選(2) — 木島始編
- 対訳 ディキンソン詩集 —アメリカ詩人選(3) — 亀井俊介編
- 不思議な少年 — マーク・トウェイン 中野好夫訳
- 王子と乞食 — マーク・トウェーン 村岡花子訳
- 人間とは何か — マーク・トウェイン 中野好夫訳
- ハックルベリー・フィンの冒険 全二冊 — マーク・トウェイン 西田実訳
- いのちの半ばに — ビアス 西川正身訳
- 新編 悪魔の辞典 — ビアス 西川正身編訳
- ビアス短篇集 — 大津栄一郎編訳
- ヘンリー・ジェイムズ短篇集 — 大津栄一郎編訳
- あしながおじさん — ジーン・ウェブスター 遠藤寿子訳
- 荒野の呼び声 — ジャック・ロンドン 海保眞夫訳
- どん底の人びと —ロンドン1902 — ジャック・ロンドン 行方昭夫訳
- ノリス 死の谷 マクティーグ 全二冊 — 石田英二 井上宗次訳
- 熊 他三篇 — フォークナー 加島祥造訳
- 響きと怒り 全二冊 — フォークナー 平石貴樹 新納卓也訳
- アブサロム、アブサロム! 全二冊 — フォークナー 藤平育子訳
- 八月の光 全二冊 — フォークナー 諏訪部浩一訳
- オー・ヘンリー傑作選 — 大津栄一郎訳
- 黒人のたましい — W・E・B・デュボイス 木島始 鮫島重俊 黄寅秀訳
- フィッツジェラルド短篇集 — 佐伯泰樹編訳
- アメリカ名詩選 — 亀井俊介 川本皓嗣編
- 魔法の樽 他十二篇 — マラマッド 阿部公彦訳
- 青白い炎 — ナボコフ 富士川義之訳
- 風と共に去りぬ 全六冊 — マーガレット・ミッチェル 荒このみ訳
- 対訳 フロスト詩集 —アメリカ詩人選(4) — 川本皓嗣編
- とんがりモミの木の郷 他五篇 — セアラ・オーン・ジュエット 河島弘美訳

《東洋文学》〔赤〕

- 王維詩集　小川環樹 都留春雄 入谷仙介 選訳
- 杜甫詩選　黒川洋一編
- 李白詩選　松浦友久編訳
- 李賀詩選　黒川洋一編
- 陶淵明全集　全二冊　松枝茂夫 和田武司 訳注
- 唐詩選　全三冊　前野直彬注解
- 完訳 三国志　全八冊　小川環樹 金田純一郎訳
- 西遊記　全十冊　中野美代子訳
- 菜根譚　洪自誠　今井宇三郎訳注
- 浮生六記 ―浮生夢のごとし　沈復　松枝茂夫訳
- 阿Q正伝・狂人日記 他十二篇（吶喊）　魯迅　竹内好訳
- 魯迅評論集　竹内好編訳
- 家　全二冊　巴金　飯塚朗訳
- 寒い夜　巴金　立間祥介訳
- 新編 中国名詩選　全三冊　川合康三編訳
- 遊仙窟　張文成　今村与志雄訳
- 唐宋伝奇集　全二冊　今村与志雄訳
- 聊斎志異　全二冊　蒲松齢　立間祥介編訳
- 白楽天詩選　全二冊　川合康三訳注
- 文選　全六冊　川合康三 富永一登 釜谷武志 和田英信 浅見洋二 緑川英樹 訳注
- ケサル王物語 ―チベットの英雄叙事詩　アレクサンドラ・ダヴィッド＝ネール アプル・ユンテン　富樫瓔子訳
- バガヴァッド・ギーター　上村勝彦訳
- 朝鮮民謡選　金素雲訳編
- 尹東柱詩集 空と風と星と詩　金時鐘編訳
- アイヌ神謡集　知里幸恵編訳
- アイヌ民譚集 付 えぞおばけ列伝　知里真志保編訳

《ギリシア・ラテン文学》〔赤〕

- ホメロス イリアス　全二冊　松平千秋訳
- ホメロス オデュッセイア　全二冊　松平千秋訳
- イソップ寓話集　中務哲郎訳
- アイスキュロス 縛られたプロメーテウス　呉茂一訳
- アンティゴネー　ソポクレース　中務哲郎訳
- バッカイ ―バッコスに憑かれた女たち　エウリーピデース　逸身喜一郎訳
- ヘシオドス 神統記　廣川洋一訳
- アリストパネース 蜂　高津春繁訳
- 女の議会　アリストパネース　村川堅太郎訳
- アポロドーロス ギリシア神話　高津春繁訳
- ギリシア・ローマ抒情詩選 ―花冠　呉茂一訳
- 黄金の驢馬　アープレーイユス　呉茂一 国原吉之助訳
- オウィディウス 変身物語　全二冊　中村善也訳
- ギリシア・ローマ神話 付 インド・北欧神話　ブルフィンチ　野上弥生子訳
- ギリシア・ローマ名言集　柳沼重剛編
- ローマ諷刺詩集　ペルシウス ユウェナーリス　国原吉之助訳

《南北ヨーロッパ他文学》〔赤〕

- ダンテ 新生 — 山川丙三郎訳
- 抜目のない未亡人 — ゴルドーニ 平川祐弘訳
- 珈琲店・恋人たち — ゴルドーニ 平川祐弘訳
- カヴァレリーア・ルスティカーナ 他十一篇 — G・ヴェルガ 河島英昭訳
- カルヴィーノ イタリア民話集 全二冊 — 河島英昭編訳
- むずかしい愛 — カルヴィーノ 和田忠彦訳
- パロマー — カルヴィーノ 和田忠彦訳
- カルヴィーノ アメリカ講義 —新たな千年紀のための六つのメモ — 米川良夫・和田忠彦訳
- まっぷたつの子爵 — カルヴィーノ 河島英昭訳
- 魔法の庭・空を見上げる部族 他十四篇 — カルヴィーノ 和田忠彦訳
- 愛神の戯れ —牧歌劇『アミンタ』 — トルクァート・タッソ 鷲平京子訳
- ペトラルカ ルネサンス書簡集 — 近藤恒一編訳
- ペトラルカ 無知について — 近藤恒一訳
- 美しい夏 — パヴェーゼ 河島英昭訳
- 流刑 — パヴェーゼ 河島英昭訳
- 祭の夜 — パヴェーゼ 河島英昭訳
- 月と篝火 — パヴェーゼ 河島英昭訳
- 休戦 — プリーモ・レーヴィ 竹山博英訳
- ウンベルト・エーコ 小説の森散策 — 和田忠彦訳
- バウドリーノ 全二冊 — ウンベルト・エーコ 堤康徳訳
- タタール人の砂漠 — ブッツァーティ 脇功訳
- 七人の使者・神を見た犬 他十三篇 — ブッツァーティ 脇功訳
- ラサリーリョ・デ・トルメスの生涯 — 会田由訳
- ドン・キホーテ 前篇 全三冊 — セルバンテス 牛島信明訳
- ドン・キホーテ 後篇 全三冊 — セルバンテス 牛島信明訳
- セルバンテス短篇集 — 牛島信明編訳
- 恐ろしき媒 — ホセ・エチェガライ 永田寛定訳
- 三大悲劇集 血の婚礼 他二篇 — ガルシーア・ロルカ 牛島信明訳
- 娘たちの空返事 他一篇 — モラティン 佐竹謙一訳
- プラテーロとわたし — J・R・ヒメーネス 長南実訳
- オルメードの騎士 — ロペ・デ・ベガ 長南実訳
- サラマンカの学生 他六篇 — エスプロンセーダ 佐竹謙一訳
- セビーリャの色事師と石の招客 他一篇 — ティルソ・デ・モリーナ 佐竹謙一訳
- ティラン・ロ・ブラン 全四冊 — J・マルトゥレイ M・J・ダ・ガルバ 田澤耕訳
- ダイヤモンド広場 — マルセー・ルドゥレダ 田澤耕訳
- 完訳 アンデルセン童話集 全七冊 — 大畑末吉訳
- 即興詩人 全二冊 — アンデルセン 大畑末吉訳
- アンデルセン自伝 — 大畑末吉訳
- ここに薔薇ありせば 他五篇 — ヤコブセン 矢崎源九郎訳
- ヴィクトリア — クヌート・ハムスン 冨原眞弓訳
- フィンランド叙事詩 カレワラ 全二冊 — リョンロット編 小泉保訳
- イプセン 人形の家 — 原千代海訳
- イプセン 野鴨 — 原千代海訳
- 令嬢ユリェ — ストリンドベルク 茅野蕭々訳
- ポルトガリヤの皇帝さん — ラーゲルレーヴ イシガオサム訳
- アミエルの日記 全四冊 — 河野与一訳
- クオ・ワディス 全三冊 — シェンキェーヴィチ 木村彰一訳
- 山椒魚戦争 — カレル・チャペック 栗栖継訳
- ロボット（R・U・R） — チャペック 千野栄一訳
- 白い病 — カレル・チャペック 阿部賢一訳

牛乳屋テヴィエ　ショレム・アレイヘム　西成彦訳
完訳 千一夜物語 全十三冊　豊島与志雄・渡辺一夫・佐藤正彰・岡部正孝訳
ルバイヤート　オマル・ハイヤーム　小川亮作訳
ゴレスターン　サァディー　沢英三訳
アブー・ヌワース アラブ飲酒詩選　塙治夫編訳
中世騎士物語　ブルフィンチ　野上弥生子訳
コルタサル短篇集 悪魔の涎・追い求める男 他八篇　木村榮一訳
遊戯の終わり　コルタサル　木村榮一訳
秘密の武器　コルタサル　木村榮一訳
ペドロ・パラモ　ファン・ルルフォ　杉山晃・増田義郎訳
燃える平原　ファン・ルルフォ　杉山晃訳
伝奇集　J・L・ボルヘス　鼓直訳
創造者　J・L・ボルヘス　鼓直訳
続審問　J・L・ボルヘス　中村健二訳
七つの夜　J・L・ボルヘス　野谷文昭訳
詩という仕事について　J・L・ボルヘス　鼓直訳
汚辱の世界史　J・L・ボルヘス　中村健二訳

ブロディーの報告書　J・L・ボルヘス　鼓直訳
アレフ　J・L・ボルヘス　鼓直訳
語るボルヘス —書物・不死性・時間ほか　J・L・ボルヘス　木村榮一訳
20世紀ラテンアメリカ短篇選　野谷文昭編訳
フエンテス短篇集 アウラ・純な魂 他四篇　木村榮一訳
アルテミオ・クルスの死　フエンテス　木村榮一訳
グアテマラ伝説集　M・A・アストゥリアス　牛島信明訳
緑の家 全二冊　バルガス＝リョサ　木村榮一訳
密林の語り部　バルガス＝リョサ　西村英一郎訳
ラ・カテドラルでの対話　バルガス＝リョサ　旦敬介訳
弓と竪琴　オクタビオ・パス　牛島信明訳
失われた足跡　カルペンティエル　牛島信明訳
ラテンアメリカ民話集　三原幸久編訳
やし酒飲み　エイモス・チュツオーラ　土屋哲訳
薬草まじない　エイモス・チュツオーラ　土屋哲訳
ジャンプ 他十一篇　ナディン・ゴーディマ　柳沢由実子訳
マイケル・K　J・M・クッツェー　くぼたのぞみ訳

ミゲル・ストリート　V・S・ナイポール　小沢自然・小野正嗣訳
キリストはエボリで止まった　カルロ・レーヴィ　竹山博英訳
クァジーモド全詩集　河島英昭訳
ウンガレッティ全詩集　河島英昭訳
クオーレ　デ・アミーチス　和田忠彦訳
ゼーノの意識 全二冊　ズヴェーヴォ　堤康徳訳
冗談　ミラン・クンデラ　西永良成訳
小説の技法　ミラン・クンデラ　西永良成訳
世界イディッシュ短篇選　西成彦編訳

《ロシア文学》〔赤〕

オネーギン　プーシキン　池田健太郎訳
スペードの女王・ベールキン物語　プーシキン　神西清訳
狂人日記 他二篇　ゴーゴリ　横田瑞穂訳
外套・鼻　ゴーゴリ　平井肇訳
イワーン・イワーノヴィチとイワーン・ニキーフォロヴィチとが喧嘩をした話　ゴーゴリ　原久一郎訳
日本渡航記 —フレガート「パルラダ」号より　ゴンチャロフ　井上満訳
平凡物語 全二冊　ゴンチャロフ　井上満訳
ルージン　ツルゲーネフ　中村融訳
オブローモフ主義とは何か? 他一篇　ドブロリューボフ　金子幸彦訳
貧しき人々　ドストイエフスキイ　原久一郎訳
二重人格　ドストエフスキー　小沼文彦訳
罪と罰 全三冊　ドストエフスキー　江川卓訳
白痴 全二冊　ドストエーフスキイ　米川正夫訳
カラマーゾフの兄弟 全四冊　ドストエーフスキイ　米川正夫訳
アンナ・カレーニナ 全三冊　トルストイ　中村融訳
幼年時代　トルストイ　藤沼貴訳

戦争と平和 全六冊　トルストイ　藤沼貴訳
トルストイ民話集 人はなんで生きるか 他四篇　中村白葉訳
トルストイ民話集 イワンのばか 他八篇　中村白葉訳
イワン・イリッチの死　トルストイ　米川正夫訳
復活 全二冊　トルストイ　藤沼貴訳
人生論　トルストイ　中村融訳
かもめ　チェーホフ　浦雅春訳
桜の園　チェーホフ　小野理子訳
チェーホフ 妻への手紙 全二冊　湯浅芳子訳
ともしび・谷間 他七篇　チェーホフ　松下裕訳
ゴーリキー短篇集　上田進 横田瑞穂訳編
どん底　ゴーリキイ　中村白葉訳
魅せられた旅人　レスコーフ　木村彰一訳
かくれんぼ・毒の園 他五篇　ソログープ　中山省三郎 昇曙夢訳
巨匠とマルガリータ 全二冊　ブルガーコフ　水野忠夫訳

岩波文庫の最新刊

グレゴリー・ベイトソン著／佐藤良明訳

精神と自然
―生きた世界の認識論―

私たちこの世の生き物すべてを、片やアメーバへ、片や統合失調症患者へ結びつけるパターンとは？　進化も学習も包み込み、世界の統一を恢復するマインドの科学。〔青N六〇四-一〕　定価一二四三円

荒井献・大貫隆・小林稔・筒井賢治編訳

新約聖書外典　ナグ・ハマディ文書抄

グノーシスと呼ばれた人々の宇宙観、宗教思想を伝えるナグ・ハマディ文書。千数百年の時を超えて復元された聖文書を精選する。〔青八二五-一〕　定価一五一八円

国木田独歩作

運　命

詩情と求道心を併せ持った作家・国木田独歩（一八七一―一九〇八）の代表的短篇集。「運命論者」「非凡なる凡人」等、九作品収録。改版。（解説＝宗像和重）〔緑一九-三〕　定価七七〇円

……今月の重版再開……

モリエール作／鈴木力衛訳

いやいやながら医者にされ

定価五〇六円〔赤五一二-五〕

正岡子規著

獺祭書屋俳話・芭蕉雑談

定価八一四円〔緑一三-一一〕

定価は消費税 10% 込です　　2022. 1